Neges arbennig

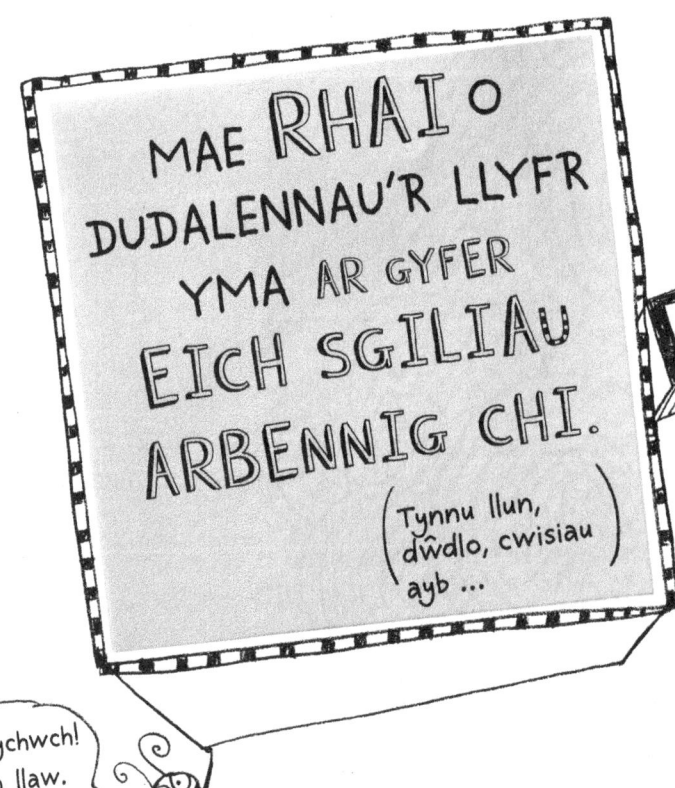

MAE RHAI O DUDALENNAU'R LLYFR YMA AR GYFER EICH SGILIAU ARBENNIG CHI.

(Tynnu llun, dŵdlo, cwisiau ayb ...)

Edrychwch! Un llaw.

Fi dynnodd y llun yma.

Fi!

Da iawn.

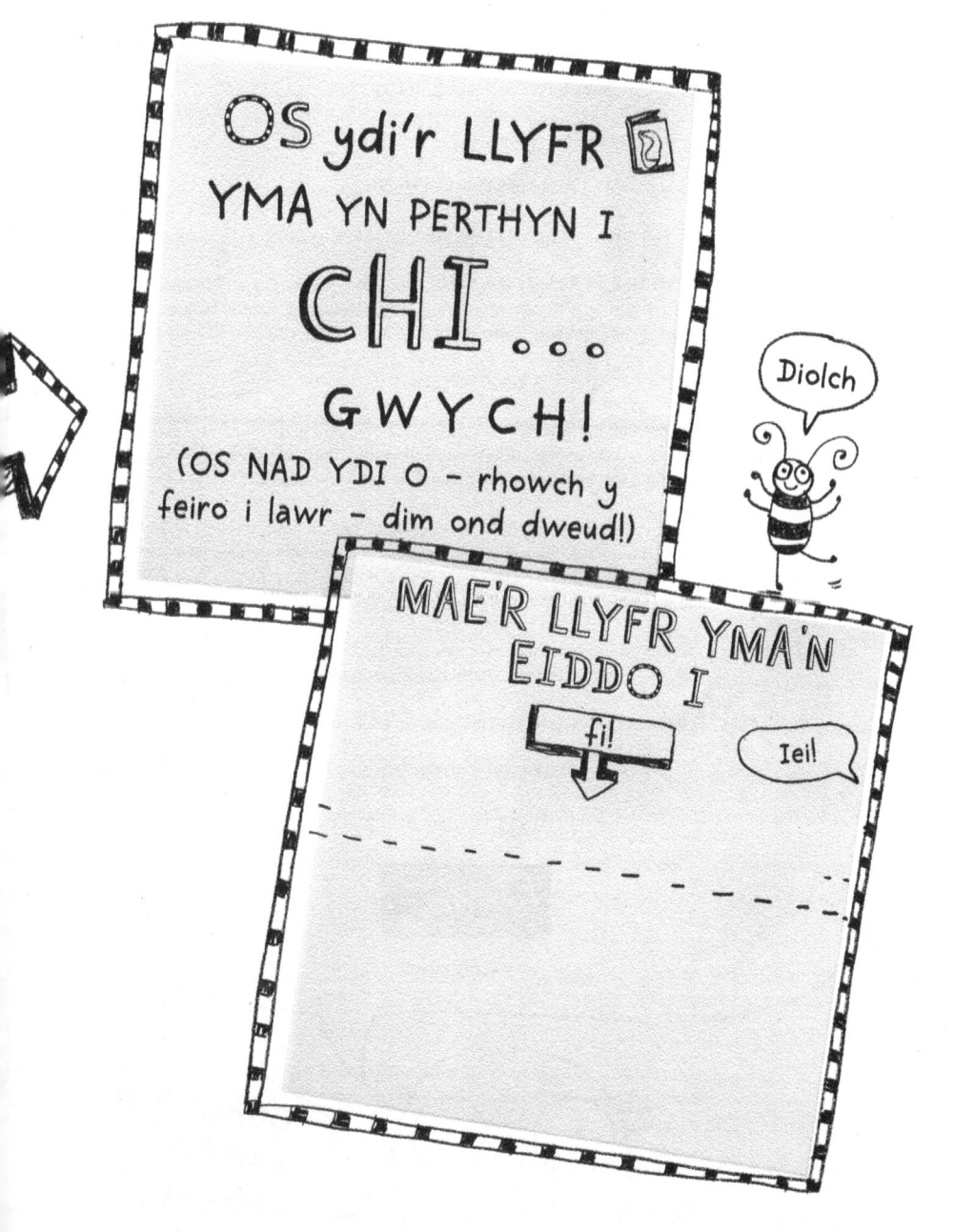

Cyhoeddwyd gan Rily Publications Ltd.,
Blwch Post 257, Caerffili CF83 9FL

Hawlfraint y testun: © Liz Pichon Ltd, 2016

Addasiad: Gwenno Hughes

Hawlfraint yr addasiad © Cyhoeddiadau Rily 2023

Cyhoeddwyd yn wreiddiol yn Saesneg dan y teitl Tom Gates: *Super Good Skills (Almost)*
gan Scholastic Children's Books, argraffnod o Scholastic Ltd, Euston House,
24 Eversholt House, Llundain NW1 1DB.

Mae'r cyhoeddwr yn cydnabod cymorth ariannol Cyngor Llyfrau Cymru.

ISBN 978-1-80416-271-2

Argraffwyd yn y DU, gan Ashford Press

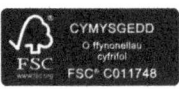

CYMYSGEDD
O ffynonellau
cyfrifol
FSC® C011748

www.rily.co.uk

GOBEITHIO eich bod yn talu sylw.

DIOLCH

I'r tîm Scholastic – sydd â SGILIAU
HYNOD WYCH – am eich cefnogaeth
FFANTASTIC a'ch brwdfrydedd,
fel BOB AMSER. x

HEI!

Pip, Chris, Jude, Kit, Rory a Thea.
Cyflwynwyd y llyfr yma i CHI!
(Cadwch i ledaenu'r
gair am T.C!)

Diolch arbennig
i Georgina
hefyd. x

Cynnwys

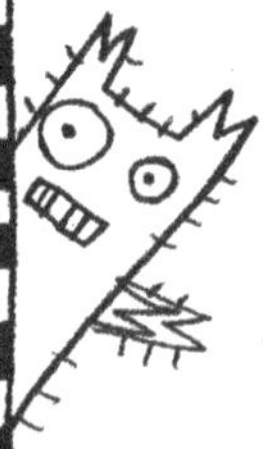

Tudalennau i CHI

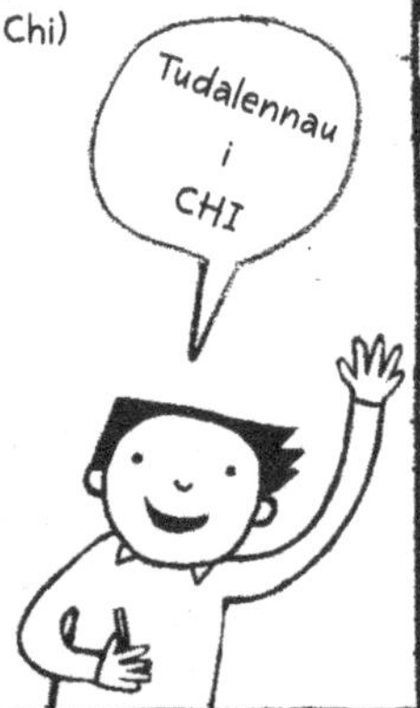

Mae Mr Ffowc wedi bod mewn hwyliau hynod brudd yr wythnos yma. Wn i ddim pam. Byddech yn meddwl y byddai o'n HAPUS, ☺ gan ei bod hi bron yn ddiwedd TYMOR.

Mr Ffowc yn bod yn brudd

DWI'N GWYBOD FY MOD I!

Îpîî!

Fy llam 'mae hi bron yn ddiwedd tymor!' llawen!)

Mae Mr Ffowc yn cadw OCHNEIDIO a dweud pethau fel:

Pa ran o EISTEDDWCH I LAWR ydych chi DDIM yn ddeall?

PLIS *GWTHIWCH* eich cadeiriau o dan y bwrdd. PEIDIWCH â'u *LLUSGO* nhw ...

OCHENAID...

DIM rhoi llyfrau ar eich pennau.

Ar gyfer sgwennu a thynnu llun mae beiros. AR GYFER BETH MAEN NHW?

Dwi'n *meddwl* bod Mr Ffowc yn DISGWYL i ni i gyd ddweud ...

> SGWENNU A THYNNU LLUNIAU, SYR.

Ond penderfynodd Bryn Siencyn y bydden nhw'n gwneud **FFYN DRWM** ardderchog hefyd a dangosodd hynny drwy ddrymio yn ´ANHYGOEL` ar ei ddesg.

"RHO'R BEIROS AR Y DDESG, Bryn."

Felly dyna wnaeth o ...

ond ddim mewn ffordd gall.

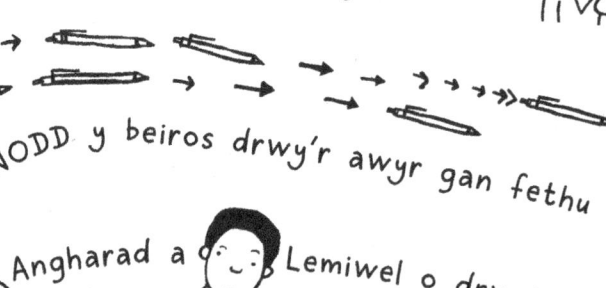

HEDFANODD y beiros drwy'r awyr gan fethu Angharad a Lemiwel o drwch blewyn ...

a **M**r **F**fowc.

O-o Anfonwyd Bryn i eistedd y tu allan i'r

dosbarth i YSTYRIED pa mor wirion y bu o.

Bu'n rhaid i ni eistedd mewn

DISTAWRWYDD

am weddill y wers, oedd ddim yn hawdd i mi, achos

roedd fy MHEN mor LLAWN o bethau i'w trafod.

Roedd hi hyd yn oed ANODDACH canolbwyntio gan

fod Bryn yn cadw ymddangos yn y drws

pan oedd **M**r **F**fowc ddim yn edrych. Ceisiais

beidio chwerthin ond doedd WYNEB **M**r **F**fowc

ddim yn helpu. Rhoddodd syniad i mi am luniau

i'w tynnu ...

Oedd yn **LLAWER** mwy difyr na gweithio ar fy nhaflenni gwaith, roedd hynny'n sicr. **Llenwch** eich negeseuon eich hun.

AMSER CHWARAE:

 **M**ae Derec eisoes yn aros amdana i. Ry'n ni angen gorffen sgwrs HYNOD bwysig ddechreuwyd y bore yma, am benderfyniad **MÂWR**.

Yr eiliad dwi'n gweld Derec, dwi'n gofyn iddo,

"Ti wedi penderfynu bellach?"

"**N**a, dwi'n methu penderfynu BETH i'w wneud. Mae hi'n anodd dewis."

 "Rhaid i ni ei sortio'n fuan. Mae o'n bwysig."

"**W**n i, wn i. Biti na fasa gennym ni FWY o amser!"

Wrth i ni drafod BETH i'w wneud, daw mwy o'n ffrindiau draw.

"Mae hynna'n swnio'n DDIFRIFOL," meddai

 Caled.

 "MAE o'n ddifrifol – gallai olygu'r gwahaniaeth

rhwng cael ymarfer band  ac un GWAEL."

Mae Norman yn clywed y geiriau YMARFER BAND ac

yn codi ei ben.

> Dwi heb golli YMARFER BAND,
> naddo?

"Na – sori, Norman, dydyn ni heb gael cyfle

i siarad am ddim byd eto."

"Ry'n ni angen gwneud penderfyniad am rywbeth

hynod BWYSIG," dwi'n ychwanegu yn ddramatig.

Tra mod i wrthi'n CEISIO meddwl am y ffordd orau

o ddweud wrth Norman, mae Carwyn yn rhoi ei big i

mewn.

 "Beth ydych chi'n ei drafod?"

  "Pe baet ti'n gorfod gwneud y penderfyniad yma, Carwyn, byddet ti'n union yr un fath." (Beryg byddai o'n llawer GWAETH.)

"Ella gallwn ni dy helpu di petaet ti'n dweud  wrthyn ni," meddai Caled.

 "Dowch 'laen!" gwaedda Ffion.

"Rhaid i ni ddewis RHYWBETH," eglura Derec.

"DEWIS BETH?"

"Pwylla, Carwyn, Mae'n rhaid i ni..."

BBBBBBÎÎÎÎÎÎÎÎÎBBB!

Mae Mr Sbrocet yn CHWYTHU'R bîb ar gyfer diwedd amser chwarae.

"BRYSIWCH!" gwaedda Carwyn.

9

"OCÊ! Mae'n RHAID i ni benderfynu ..."

PA FLAS

o SNACIAU ÊLIYN i'w gael

yn ein HYMARFER BAND.

"Dyna'r CWBL?" Mae Carwyn yn cerdded ymaith mewn hwyliau drwg fel pe baem ni wedi gwastraffu ei amser.

Mae **eFA** a Ffion yn tynnu stumiau hefyd.

Mae Norman yn dweud, "FFIW! Ro'n i'n meddwl ella eich bod chi eisiau drymiwr NEWYDD!"

Ochenaid...

"Dim ffiars!" dwi'n ei sicrhau.

"Mae o'n fater DIFRIFOL. Ydych chi'n cofio'r amser pan mai'r UNIG snac oedd gennym ni oedd paced o **FISGEDI PRYFED MARW*?**" dwi'n atgoffa Derec a Norman.

"SUT gallen ni anghofio? YR YMARFER BAND GWAETHAF ERIOED," meddai Derec, wrth i ias fynd drwyddo. "Dwi ddim hyd yn oed yn hoffi'r bisgedi yna," cytuna Norman.

Ych-a-fi!

ÔL-FFLACH

Dydi bisgedi pryfed marw ddim yn cynnwys pryfed marw.

Dwi'n *meddwl* bod pawb yn deall pam bod dewis y snac iawn mor bwysig bellach.

*"Bisgedi pryfed marw" ydi beth mae Taid Bob yn galw bisgedi Garibaldi achos fod y cyrains bach sydd ynddyn nhw yn edrych fymryn bach fel pryfed marw.

Heblaw am **eFA** – sy'n dal i feddwl fod fy neilema snacs yn un ddwl. Dwi'n GWYBOD hynny achos pan dwi'n eistedd i lawr yn y dosbarth mae hi'n dweud,

"Iesgob, pwy sy'n cyffroi gymaint â *HYNNA* am ba flas SNAC i'w gael? Am WALLGO!"

"Ond mae'n bwysig! Ella mai rhai blas êliyn Crenshlyd gawn ni," meddaf i, gan drio gwneud JÔC. ☺

"Hileriys," meddai **eFA**, ond nid mewn ffordd DDONIOL.

Beryg y dylwn i jyst stopio siarad am y snacs a CHAU 'ngheg. Ond am ryw reswm, dydw i ddim.

"Y broblem ydi mod i wir yn hoffi'r snacs blas TRAED ELÏYN CAWSLYD – wsti, y snacs siâp TRAED ENFAWR"

"**Ond** mae Derec yn hoffi'r rhai blas nionyn picl. A rŵan ry'n ni wedi darganfod fod yna ddau flas arall, sef twrci **rhost**, a blas arall sy'n swnio'n ddiddorol iawn, sef SGLODION a SOS COCH ALLAI fod yn anhygoel, ond wyddon ni ddim ETO achos dydyn ni heb gael cyfle i'w blasu."

"Maen nhw i gyd yn swnio'n AFIACH," meddai **eFA**, gan dynnu stumiau.

"**Mae'r** blas traed CAWSLYD yn SWNIO'N AFIACH, ond mae o'n flasus iawn mewn gwirionedd," meddaf i.

"**Dydi** Mam BYTH bron yn gofyn pa snacs ry'n ni eu heisiau a dydw i ddim eisiau colli allan. Ti'n gweld rŵan pam fod o MOR bwysig?"

"**N**adw."

(Distawrwydd annifyr...)

Dwi'n ceisio meddwl am rywbeth arall i'w ddweud pan mae **eFA** yn gofyn cwestiwn i MI.

"Twm, ydi dy fand di'n dal i gael ei alw'n **CŴN SOMBI** ?"

"YDI!"

"Ydych chi'n ymarfer dipyn, 'ta?"

"LLWYTHI. Os ydych chi am fod y band GORAU

yn y byd – fel ry'n ni – mae o'n bwysig."

(Ella mod i wedi gor-ddweud rhyw fymryn.)

"Pryd mae eich ymarfer band nesa ta?"

"O! Ymmmmmm ... dwi ddim yn gwybod eto."

"Ro'n i'n meddwl dy fod ti wedi dweud eich bod

chi'n ymarfer drwy'r amser?"

"O, ydan ... beryg down ni at ein gilydd wythnos yma."

"O leia ry'ch chi wedi sortio'r snacs."

"YN UNION!"

Mae Carwyn yn pwyso yn ôl yn ei sedd ac yn ceisio

dweud wrth **EFA** bod **CŴN SOMBI** yn

fand GWAEL.

Band
gwael

Dwi'n ei anwybyddu ac yn estyn fy **nyddiadur ysgol**. Yna mewn modd trefnus a chall, dwi'n SGWENNU mewn llythrennau BRAS, gan obeithio gwnaiff EFA weld fy sgrifen.

MATER BRYS A PHWYSIG IAWN.

TREFNA DDIWRNOD AR GYFER YMARFER BAND.
(LLAWER mwy pwysig na snacs.)

 Dewis y blas TRAED CAWSLYD a NIONYN PICL.

(Dwi'n ychwanegu y darn olaf mewn llythrennau bach oddi tano.)

DYNA NI, dwi wedi gwneud penderfyniad.

Mae popeth wedi'i drefnu.

Y DIWEDD.

Does dim rhaid i mi FEDDWL am snacs rhagor.

(Wel ... dim ond rhyw fymryn ella.)

DYCHMYGWCH pa fath o SNACS a blasau eraill allai fod!

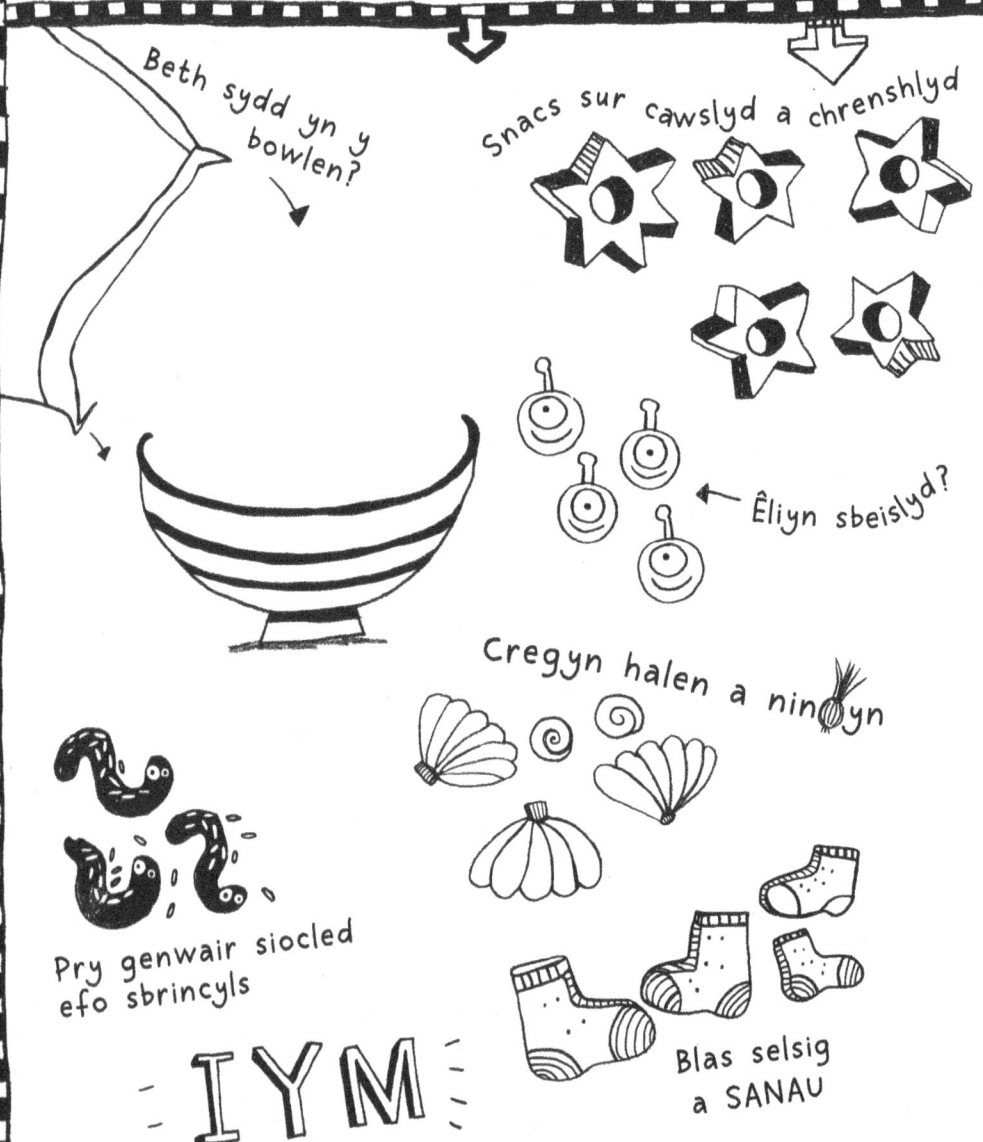

Beth sydd yn y bowlen?

Snacs sur cawslyd a chrenshlyd

Êliyn sbeislyd?

Cregyn halen a ninoyn

Pry genwair siocled efo sbrincyls

IYM

Blas selsig a SANAU

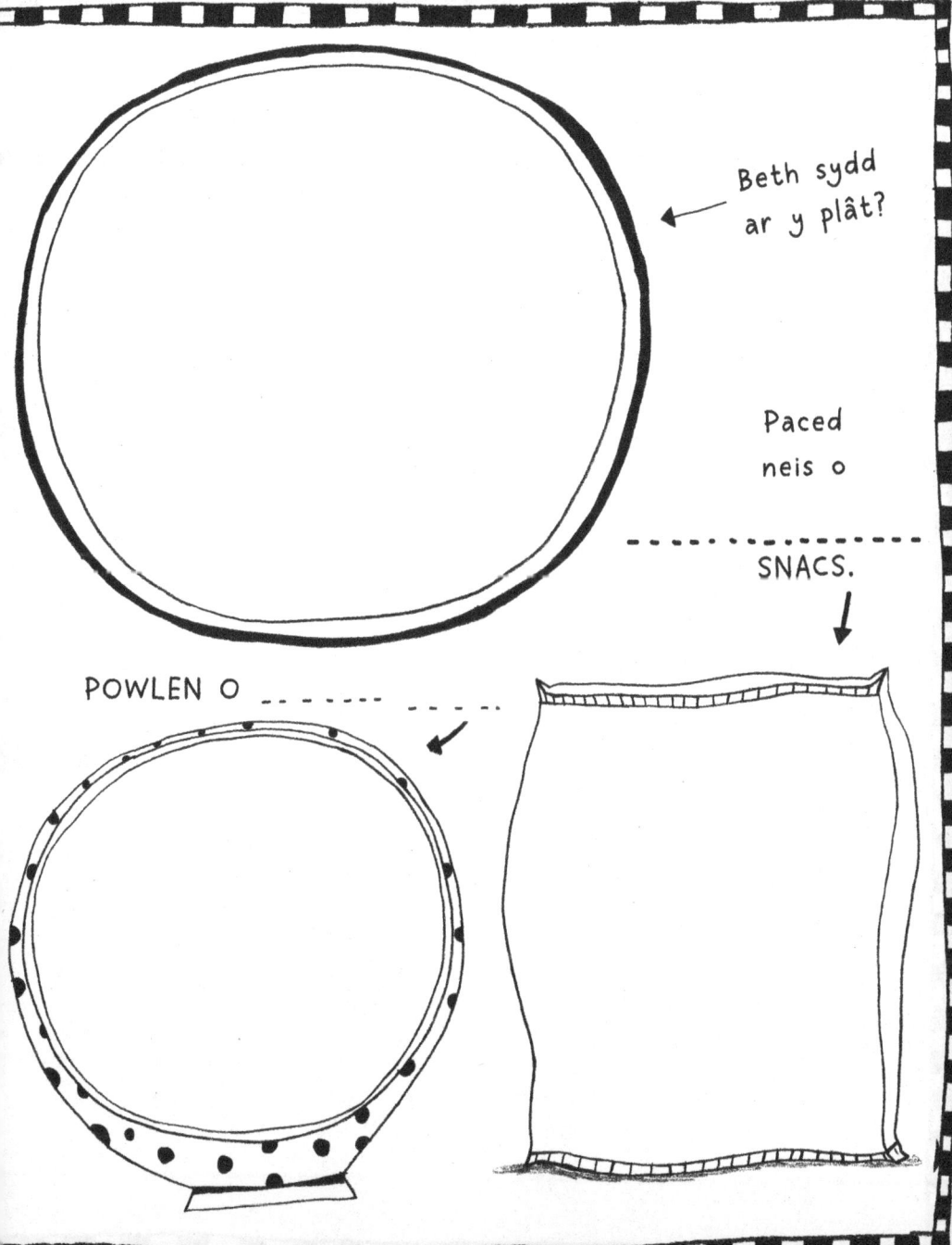

Beth sydd
ar y plât?

Paced
neis o

SNACS.

POWLEN O

MWY O LE I CHI DDYFEISIO EICH SNACS EICH HUN!

(Bwrwch iddi, ry'ch chi'n torri'ch boliau eisiau gwneud hynny)

Weithiau pan mae Mr Ffowc yn dychwelyd ar ôl amser chwarae, os ydi o wedi cael paned neis o de a bisged, gall fod yn ofnadwy o gyfeillgar a joli ac edrych fel hyn:

Ond ddim heddiw.

"**EISTEDDWCH i lawr, a dim mwy o chwarae efo beiros** BRYN. **Na NEB arall chwaith,**" meddai mewn llais LLYM. "**RŴAN, gan mai dim ond un diwrnod arall o ysgol sydd ar ôl, dwi wedi cynllunio rhywbeth ARBENNIG.**"

Mae murmur yn sgubo drwy'r stafell wrth i ni feddwl, HWRÊ! O'R DIWEDD , gawn ni wneud rhywbeth sy'n HWYL.

HEDDIW, ry'n ni'n chwarae GEMAU HWYLIOG!

IEI!

Ond dydi hynny ddim yn para'n hir.

"Y tu mewn i'r ffolders yma mae gwaith fydd angen ei gwblhau erbyn diwedd y GWYLIAU. OS ydi eich ffolder yn WAG, CURWCH eich hunain ar eich cefn."

Dwi'n edrych draw at Carwyn Campell sy'n dechrau gwneud rhyw fath o ddawns WÎYRD.

"PAM ti'n neud hynna?" gofynnaf.

"Dwi wedi gwneud fy NGWAITH i gyd felly dwi'n curo fy hun ar fy nghefn."

Mae o'n stopio pan mae Mr Ffowc yn rhoi ffolder wedi'i stwffio efo papur iddo.

"Mae angen i ti orffen hwn, Carwyn."

Hyh?

"OND, SYR!"

"DIM PWDU NA LLYNCU MUL!"

meddai Mr Ffowc.

Mae rhai o'r plant yn dechrau chwerthin wrth feddwl am Carwyn yn llyncu mul go iawn.

Hi! Hi! Hi! Ha! Ha! Ha! ... hi hi ...

Hi!
Hi!

Mae EDRYCHIAD TANBAID  gan Mr Ffowc yn rhoi diwedd ar hynna yn reit handi. Mae Carwyn wedi cael LLOND BOL go iawn. Gallwch ddweud beth mae o'n ei feddwl wrth edrych ar ei WYNEB – sy'n rhoi SYNIAD i mi am luniau.

Felly dwi'n gwneud y rhain ...

23

Tynnwch lun o Carwyn a llenwch y swigod deialog. Gallai o fod yn meddwl am bethau hynod o GLYFAR (jôc).

Sut i dynnu llun o Carwyn Campell

Mae Mr Ffowc wedi bod yn cerdded o gwmpas y dosbarth yn rhannu'r ffolders ond does yna ddim byd i mi ETO.

Dwi'n parhau gyda fy gêm nes mae o'n ymddangos o fy mlaen I, yn ddisymwth, yn cario FFOLDER arall.

TI ydi un o'r ychydig bobl gyda DIM gwaith i'w orffen o gwbl,"

meddai Mr Ffowc wrtha i.

WAW! Mae hynna'n DDA.

Ro'n i'n BENDANT fod gen i waith ar ôl i'w wneud. Ond dydw i ddim yn mynd i DDADLAU efo Mr Ffowc. Er mwyn gwneud yn sicr bod Carwyn yn gallu fy nghlywed i, dwi'n gwneud sioe FAWR o ddweud yn UCHEL, "Diolch, syr. Dwi wedi trio fy ngorau. Ydi hynny'n golygu mod i'n cael gwneud y pethau HWYL rŵan?"

"Sori Twm, dwi DDIM yn siarad efo ti. Ffolder Efa ydi hwn. Dyma fo dy un di – mae o'n reit llawn."

Llawn

Mae gen i gymaint o ddarnau o waith dwi heb eu gorffen nes eu bod nhw'n tywallt o'r ffolder i BOBMAN.

"Mae gen TI hyd yn oed fwy i'w wneud na fi!" meddai Carwyn, dan

CHWERTHIN.

"DA IAWN, EFA! Mae eisiau i chi'ch dau fwrw iddi,"

meddai Mr Ffowc, gan guro'r ddesg.

"Sut wyt ti wastad yn llwyddo i wneud dy waith ar amser?" gofynnaf i EFA, sydd jyst yn codi a gostwng ei sgwyddau, fel petai o'r peth hawddaf yn y BYD. (Dydi o ddim, wir yr...)

"Dwi'n defnyddio fy nyddiadur ysgol a sgwennu pethau i lawr ynddo. Yna, pan dwi wedi gorffen, dwi'n eu ticio oddi ar fy rhestr."

"Mae gen ti RESTR?"

"Yrrrrrrr, oes. Jyst i wneud yn sicr mod i ddim yn anghofio unrhyw waith cartref."

"Wwww ..." dwi'n murmur.

Mae hi'n dangos ei dyddiadur ysgol i mi a sut mae hi'n sgwennu popeth i lawr ynddo.

Mae o'n creu argraff FAWR arna i.

Dydi fy nyddiadur i ddim yn edrych yn ddim byd tebyg i hynna.

Dim rhestr

Ychydig o gemau

Dŵdls

$\mathbb{D}$wi'n fflicio drwy'r tudalennau i weld ble mae fy nyddiadau gwyliau. Yna dwi'n dangos i **eFA** beth dwi'n arfer ei wneud er mwyn gwneud fy ngwaith cartref. (Dim llawer).

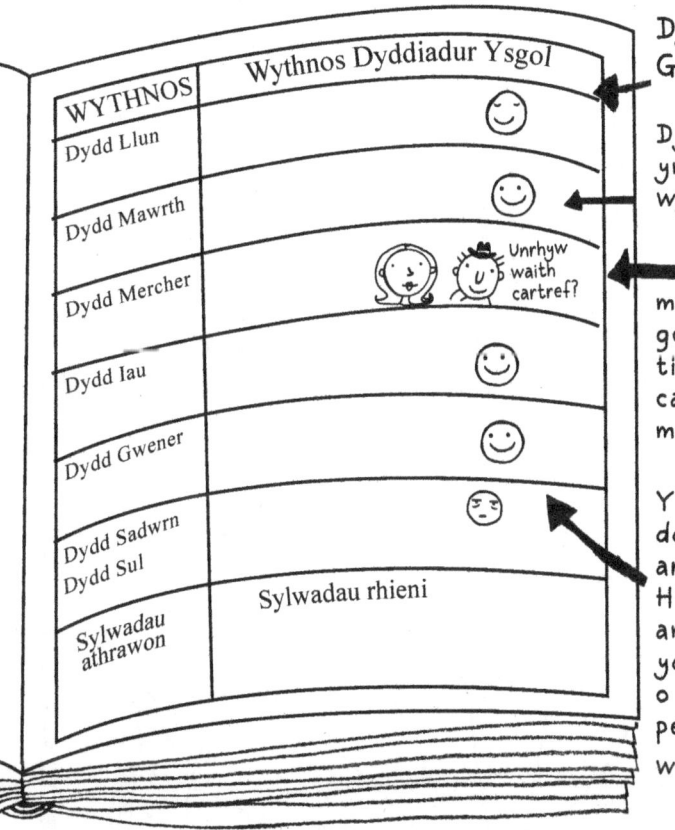

Dyma DDECHRAU'R GWYLIAU

Dyma ble dwi'n ymlacio am yr wythnos gyfan.

Tua fan HYN mae Mam a Dad yn gofyn i mi, "Sgen ti unrhyw waith cartref?" "Na ..." meddaf i.

Y noson cyn i'r ysgol ddechrau dwi'n aros ar fy nhraed yn HWYR ac yn meddwl am ESGUS pam nad ydw i wedi'i wneud o a dwi'n CEISIO peidio rhuthro i'w wneud o.

Wythnos Dyddiadur Ysgol

WYTHNOS		
Dydd Llun		😊
Dydd Mawrth		😊
Dydd Mercher	Unrhyw waith cartref?	
Dydd Iau		😊
Dydd Gwener		😊
Dydd Sadwrn		😖
Dydd Sul	Sylwadau rhieni	
Sylwadau athrawon		

Mae HYNNA yn digwydd BOB TRO. 😟
$\mathbb{D}$wi'n tynnu llun i **eFA**, er mwyn egluro ymhellach.

Llenwch eich mitar

SBAR

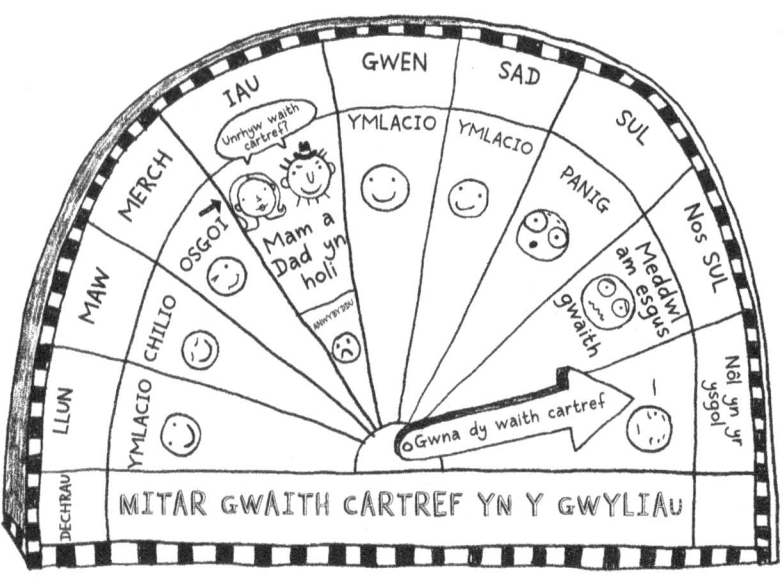

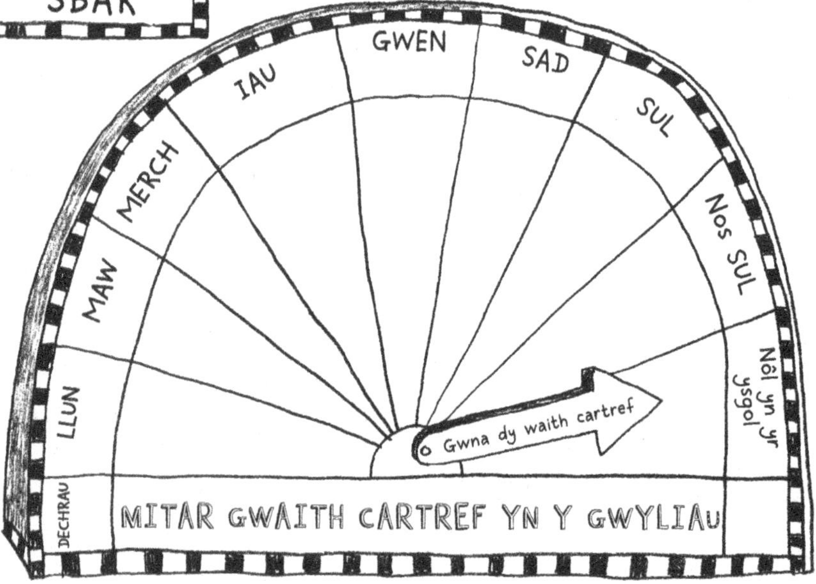

"Weithiau dwi'n PANÍCIO ac yn meddwl am esgus ar yr un pryd."

Dwi'n gwneud dynwarediad, sydd wastad yn gwneud i  CHWERTHIN.

"Na, O DDIFRIF, dyna beth dwi'n ei wneud."

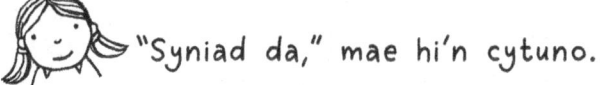 "O, ro'n i'n meddwl mai tynnu coes oeddet ti."

"Dwi'n mynd i sgwennu RHESTR fel TI'N wneud, i fy helpu i ORFFEN POPETH," sibrydaf wrth .

"Syniad da," mae hi'n cytuno.

Dwi'n dechrau ystyried fy RHESTR.

Beth fyddai'n OFNADWY o ddefnyddiol? Hmmm ...

 Hmmmm Wn i!

Wna i wneud rhestr FAWR o ...

ESGUSION
GWAITH CARTREF.

Gallaf EDRYCH ar fy rhestr os bydda i angen un ar FRYS.

★ Mae un SEREN yn golygu mod i wedi'i ddefnyddio yn barod.

★ ★ Mae DWY seren yn golygu y galla i FENTRO ei ddefnyddio eto.

★ ★ Mae'r ci wedi bwyta fy ngwaith cartref	
★ Mae'r ci wedi claddu fy ngwaith cartref	
★ Mae'r GATH wedi cnoi fy ngwaith cartref Mae'r gath wedi eistedd ar fy ngwaith cartref Mae'r gath wedi cysgu ar fy ngwaith cartref (Gall y rhain fod yn gathod neu gŵn)	
★ Mae'r ci wedi DWYN fy ngwaith cartref	
★ ★ Mae Dad wedi golchi fy ngwaith cartref	
★ ★ Cafodd fy ngwaith cartref ei wlychu yn y glaw	
★ Darganfyddais fod FY CHWAER yn ÊLIYN ac ro'n i mewn gormod o sioc i wneud fy ngwaith cartref	

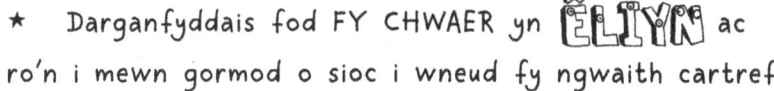

LLUNIWCH EICH RHESTR ESGUSION GWAITH CARTREF EICH HUN

Mae  wedi bod yn edrych dros fy ysgwydd.

"HONNA ydi dy restr di?""

"UN o fy rhestrau i. Dwi'n
mynd i wneud rhestr
GWAITH CARTREF hefyd."

(Ella.)

 "Wnest ti ddweud wrth Mr Ffowc
fod dy chwaer di'n ÊLÏŶN go iawn?"

"Ti wedi GWELD fy chwaer i?
Gallai o fod yn
wir." "

"Dwi'n cofio pan ddywedaist ti fod dy fag
wedi mynd yn sownd mewn COEDEN," mae
yn fy atgoffa i.

"Ro'n i wedi anghofio am hynny."
Dwi'n ei ychwanegu at y rhestr (efo dwy seren). ★ ★

Tra mod i'n ceisio meddwl am FWY o esgusion ...

Mae Mr Ffowc yn YMDDANGOS y tu ôl i mi yn SYDYN. Dwi'n llwyr ARGYHOEDDEDIG bod athrawon yn cael gwersi ar sut i *SLEIFIO* o gwmpas y dosbarth, achos un munud mae Mr Ffowc yn eistedd wrth ei ddesg a'r funud nesa ————————— mae o FAN HYN, a wnes i ddim ei weld na'i glywed o'n symud o gwbl.

Dwi'n meddwl fod <u>fy</u> sgiliau NINJA i'n eithaf da, ond mae rhai Mr Ffowc yn ANHYGOEL.
"Dyna RESTR ddiddorol, Twm," meddai o cyn i mi gael cyfle i'w chuddio.

(Yh-oh!)

"Dwi'n taro SYNIADAU ar bapur ar gyfer fy stori, syr," meddaf i gan FEDDWL-AR-FY-NHRAED.

"O, wela i! Mae esgusion gwaith cartref yn rhan o dy stori di? Edrycha i 'mlaen i'w darllen hi, Twm. Swnio'n ddifyr OFNADWY."

"Fydd hi, syr," mwmialaf.

O, gwych. Bydd yn rhaid i mi ffitio un o fy esgusion i mewn i'r stori rŵan. Wna i fy ngorau ond fydd o ddim yn hawdd ...

MAE FY CHWAER YN
ÊLIYN
(Gwir).

GAN Twm Clwyd (sydd ddim yn êliyn).

Dyna ble ro'n i, ar fy ffordd i'r ysgol, yn meindio fy musnes. Ro'n i wedi gwneud fy ngwaith cartref mewn pryd (fel arfer), ac roedd o'n ddiogel yn fy mag, yn barod i'w roi i fy athro. Yna, YN SYDYN, ymddangosodd GOLAU LLACHAR yn yr awyr.

Caeais fy llygaid i ddechrau, cyn sgwintio, wrth i'r golau hofran uwch fy mhen.

Fi →

BETH ALLAI O FOD? meddyliais (fel y byddech chithau wedi gwneud hefyd).

ADERYN oedd o?
AWYREN oedd o?
NA - UFO oedd o!

Oeddwn i wir yn edrych ar

gerbyd ÊLIYN?
OEDDWN, MI OEDDWN I:

achos GLANIODD o fy mlaen (oedd yn SIOC, coeliwch fi). Sefais fel delw a gwylio wrth i'r drysau agor yn araf. Roedd o'n fy atgoffa o Taid Bob yn DYLYFU GÊN. ⟶ Dylyfu gên

Yna, ymddangosodd êliyn bach gwyrdd, gydag un llygad ac un goes, o ganol tywyllwch y cerbyd, a dechrau hopian tuag ataf. Syllodd yr êliyn arna i, i fyny ac i lawr, cyn dweud,

"Cer â fi at dy CHWAER."

(Doeddwn i wir ddim yn disgwyl hyn.)

Felly er mwyn gwneud yn siŵr mod i wedi clywed yr êliyn yn iawn, gofynnais, "Delia, ti'n feddwl?"

A dywedodd yr êliyn,

Cywir

Ro'n i WASTAD wedi bod yn amheus o Delia.

(h.y. roedd hi wastad yn gwisgo sbectol

haul ac yn bod yn gyffredinol WÎYRD).

Ond DYMA BRAWF fod Delia wir yn êliyn.

YNA dechreuais gysidro PAM roedd yr êliyn

eisiau gweld fy chwaer?

Felly gofynnais GWESTIWN iddo.

"OS dywedaf i wrthyt ti ble mae hi, beth

ti'n mynd i'w wneud?" A dyma'r êliyn yn

ateb fel hyn.

"Wnaiff Delia ddysgu ffyrdd bodau dynol i ni

fel gallwn ni ORESGYN a meddiannu eich planed."

Oedd yn swnio bach yn ANNHEG i mi.

Wedi'r cwbl, ella bod Delia yn ÊLIYN, ond roedd hi

dal yn chwaer i mi (er ei bod hi'n od).

Dwi'n sicr na fyddai hi eisiau i'n planed ni gael ei

goresgyn.

Roedd yn rhaid i mi feddwl am GYNLLUN YN GYFLYM.

   Un da ofnadwy, fyddai'n ACHUB y byd
a Delia hefyd, ella.

Roedd o'n DIPYN o bwysau.

Ond LLWYDDAIS I.

"TI'n HYNOD O LWCUS – dwi wedi sgwennu
POPETH ti ANGEN ei wybod am fodau dynol
mewn dogfen GYFRINACHOL sydd yn fy mag.
Wnaeth Delia fy helpu.

Galli ei CHYMRYD RŴAN – os gwnei di
adael llonydd iddi."

Ystyriodd yr êliyn am funud a dweud,

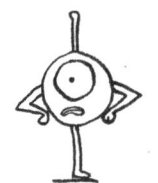   "Hmmmm ...

Ymdrech glodwiw,

fachgen dynol."

Felly ychwanegais i,

"Wna i roi pecyn o WAFFERI i ti hefyd –
maen nhw'n flasus ac mae bodau dynol
yn eu CARU."

A DYMA DARO BARGEN.

Rhoddais fy mag ysgol iddo - cymrodd yr êliyn y cwbl a HEDFAN oddi yno mewn FFLACH sydyn.

Dim ond UN broblem oedd yn weddill rŵan - ro'n i'n HWYR i'r ysgol a doedd fy ngwaith cartref ddim gen i ragor. Ceisiais egluro i fy athro beth oedd wedi digwydd, ond doedd o ddim yn rhy hapus.

"Ond, SYR, mae o'n WIR - cafodd fy ngwaith cartref ei gymryd gan êliyn. RHODDAIS o iddo er mwyn achub y byd, a fy êliyn o chwaer!"

Go iawn, Twm?

Dim Mr Ffowc ydi hwn mewn gwirionedd

Dwi'n cyfaddef ei fod o'n swnio fymryn yn DDRAMATIG. Ond ro'n i'n gwybod y GWIR.

A rydych chithau hefyd rŵan.

Y DIWEDD

HWRÊ! WEDI DARFOD.
Amser tynnu llun. Tynnwch lun êliyn.

Dwi'n codi mhen i wneud yn siŵr bod Mr Ffowc yn dal wrth ei ddesg. (Mae o.) Daw yn HYNOD amlwg nad oes ganddo UNRHYW gynlluniau i wneud unrhyw beth sy'n HWYL.

(Ella bod hi'n amen arnon ni wedi'r daflen waith olaf yna.) ☹

Fel arfer, baswn i wedi cael LLOND BOL oherwydd hynny, ond ar y funud, dwi ond yn fan hyn ar y mitar CAEL LLOND BOL. Sydd ddim yn ddrwg.

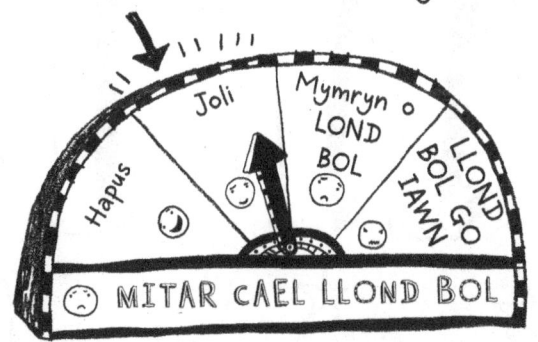

Mae HYNNY oherwydd bod gen i rywbeth ARALL i edrych ymlaen ato, am y tro cynta ers CANTOEDD. Mewn ychydig ddyddiau

 DWI'N MYND I GAEL

IAU!

Lliwiwch hwn!

Cymrodd y dŵdl **GWYLIAU!** yna sbelan i'w wneud ...

... dwi ar lwgu rŵan.

Dwi MOR llwglyd fel mod i'n cipio fy mag a rhuthro allan mor *gyflym* ag y galla i, pan mae cloch amser cinio yn canu.

Ding! Ding!

Ding! Ding!

Ond yna dwi'n **sgrafellu** fy nghadair pan dwi'n ei gwthio hi ALLAN ... ac yna yn ôl i mewn.

Mae Mr Ffowc yn fy ngalw i'n ôl ac mae o'n gwneud i mi wneud hynny eto.

YN DAWEL ...

sgrafellu
sgrafellu

sgrafellu
sgrafellu

Dwi'n gorfod cymryd DAU dro arall.

Erbyn i mi fynd lawr i ginio, mae'r ciw yn IANFERTH. Yna dwi'n cofio bod gen i FOCS BWYD, felly dwi'n mynd i ymuno efo Caled ac ambell blentyn arall o fy nosbarth i. **Ond** cyn galla i FWYTA, rhaid i mi wneud rhywbeth HYNOD O BWYSIG. ➡

ARCHWILIAD

TWM CLWYD

BOCS BWYD

Dwi'n gwneud hyn er mwyn sicrhau nad oes yna ddim byd anarferol yn **LLECHU** y tu mewn.

I DDECHRAU, dwi'n:

1. **A**GOR fy mocs bwyd yn ofalus.

2. **S**icrhau ei fod o'n aroglin IAWN.

3. EDRYCH am unrhyw un o'r canlynol:

Llysiau od   Ffrwythau **WÎYRD** →

Llenwadau brechdan anesboniadwy

Nodyn gan MAM
Caru ti
Twm x ♥

Unrhyw beth mae Delia wedi'i ychwanegu

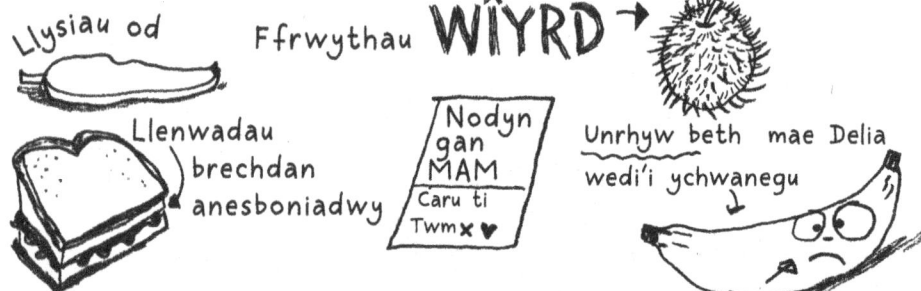

Hyd yma, mae fy nghinio i'n edrych yn IAWN. Dydi dod â bwyd **rhyfedd** i'r ysgol **BYTH** yn syniad da yn fy marn i, achos mae o wastad yn tynnu **LLAWER** gormod o sylw.

(A ddim mewn ffordd dda.)

Dyma beth ddigwyddodd

WYTHNOS DWYTHA

Ro'n i'n eistedd wrth ymyl Ffion, wnaeth dynnu rhyw fath o ffrwyth bychan nad oeddwn i erioed wedi'i weld o'r blaen, o'i bocs bwyd. Roedd y croen yn lliw coch tywyll ac roedd o'n **galed** and **lympiog.** Yna tynnodd hi'r croen a

PHOPIODD

rhywbeth tebyg i ...

GOFAL!
Ffrwyth
wiyrd

BELEN LLYGAD WEN, A EDRYCHAI FEL JELI

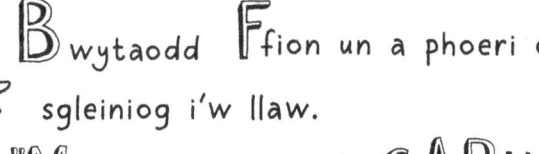

allan o'r croen.

Bwytaodd **F**fion un a phoeri carreg ddu sgleiniog i'w llaw.

"**M**mmm, IYMI. Dwi'n **CARU** rhain," meddai.

"Beth ydyn nhw?" Roedd **N**orman eisiau gwybod. (Fel finnau.)

"Maen nhw mor FLASUS," meddai hi, gan ddangos cynnwys ei llaw iddo.

Iych

"Maen nhw'n **WÎYRD**," dywedais wrthi. Edrychai'r holl ffrwyth yn afiach i mi. Roedd Ffion yn meddwl ei fod o'n ddoniol fod ei FFRWYTH hi'n achosi cymaint o gynnwrf. Felly tynnodd groen dau arall, tynnu'r cerrig allan, ac yna, efo <u>tri</u> o fy ffyn moron I, rhoddodd nhw ...

... I GYD ar blât.

"EDRYCHWCH!" meddai, dan CHWERTHIN!

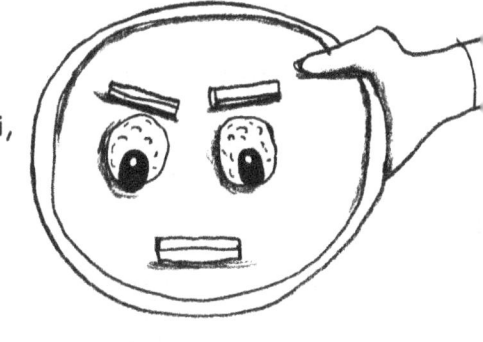

Ha! Ha!

Cerddodd plentyn heibio a dweud, "EEEWWWWW! LLYGAID YDI'R RHEINA?"

"NACI, y twpsyn, LITCHI, ydyn nhw," ceisiodd Ffion egluro.

"Be yn y byd ...?" meddai Marc Clwmp.

"Litchi," dywedodd Ffion unwaith eto, ond doedd Marc Clwmp, mwy na neb arall, wedi clywed am y ffasiwn ffrwyth!

"Am enw GWYCH! Dwi am fwyta ffrwyth sy'n debyg i lygaid bob dydd o hyn ymlaen!"

$\mathbb{D}$ oeddwn i ddim yn hoffi'r ffordd roedd y

LITCHIS yn swnio nac yn edrych – doedd neb,

a dweud y gwir.

" YCH maen nhw'n edrych yn AFIACH!"

Yna penderfynodd Norman y byddai o'n DDONIOL

codi'r plât efo'r "LLYGAID" arno a'i chwifio o

gwmpas, fel eu bod nhw'n WOBLO.

"MAEN NHW'N EDRYCH
ARNOCH CHI!"

Roedd Ffion yn lladd ei hun yn CHWERTHIN,

ac roedd hynny'n annog Norman i fynd yn waeth.

Cododd y plât o fewn modfedd i fy wyneb i a dweud,

"PELI LLYGAID

MMMMM mmmmm."

GWTHIAIS nhw ymaith a *ROWLIODD* y LITCHIS oddi ar y plât.

"Hei, fi PIA nhw!"

Ceisiodd Ffion eu cipio ond cyrhaeddodd Norman o'i blaen a STWFFIO'r ddau i'w geg.

"NORMAN!" bloeddiodd Ffion

felly poerodd o nhw i'w law.

"Dwi DDIM am eu bwyta nhw RWAN!" meddai Ffion yn flin.

Felly wnaeth o eu bwyta nhw eto.

Mmmmm.   "Ydyn nhw'n dda?" holodd Caled.

Smaliodd Norman mai dyma'r ffrwyth mwyaf AFIACH iddo eu bwyta erioed. Roedd o'n argyhoeddi'n eithaf da nes ...

... iddo roi ei law yn ei geg a dweud,

"Mmmmm, bendigedig!"

Felly roedden ni'n gwybod

mai tynnu coes oedd o.

Roedden ni wedi bod yn

gwneud llawer o sŵn, felly daeth Miss Tash Williams

draw a dweud,

Byddwch DAWEL neu bydd yn rhaid i mi EISTEDD

yma a chadw LLYGAD arnoch chi i GYD!"

"IAWN, Mrs Williams," meddai pawb

gan aros i gael ei chefn, cyn i Norman wneud i ni

CHWERTHIN eto.

"EDRYCHWCH! Dwi'n cadw fy

LLYGAD arnoch chi HEFYD!"

(Wnaeth Ffion ddim gadael iddo

gael dim mwy o'i LITCHIS hi.)

Llyncodd yr **HOLL** beth ffrwythau **WÎYRD** y RHAN FWYAF o'n hamser cinio, a fedra i ddim peidio meddwl na fyddai DIM wedi digwydd petai Ffion wedi dod ag afal yn ei bocs bwyd.

CHEBLAW bod MWYDYN  yn yr afal, achos mae **HYNNY** wedi digwydd yn y gorffennol.)

S'MAI

FELLY ... wrth edrych trwy fy mocs bwyd heddiw, dwi'n HYNOD o falch nad oedd yna unrhyw syrpreisus afiach y tu mewn. (Wnes i edrych ac AILedrych.)

Dwi'n bwyta popeth, fwy neu lai, heblaw am y miliynau o ffyn moron mae Mam yn eu rhoi i mi. Allai CWNINGEN ddim bwyta cymaint â hynny, hyd yn oed. (Llwyth ...)

Ochenaid.

(OND maen nhw'n gwneud dannedd **FAMPIR** HYNOD o dda.)

Ydych chi'n gweld?

O ... a dyma oren dwi heb ei fwyta eto hefyd.

Weithiau dwi'n hoffi tynnu lluniau o gwmpas fy ffrwythau. Dwi'n eu galw nhw'n dŵdls Ffrwythau. Gan fod Derec yn dal i fwyta, dwi'n estyn am feiro ac yn DŴDLO o gwmpas fy oren fel HYN.

Braidd yn llawn ...

Ha! Ha!

Heriodd Caled fi i wneud dŵdl **GWELLTYN**
... felly ffwrdd â fi.

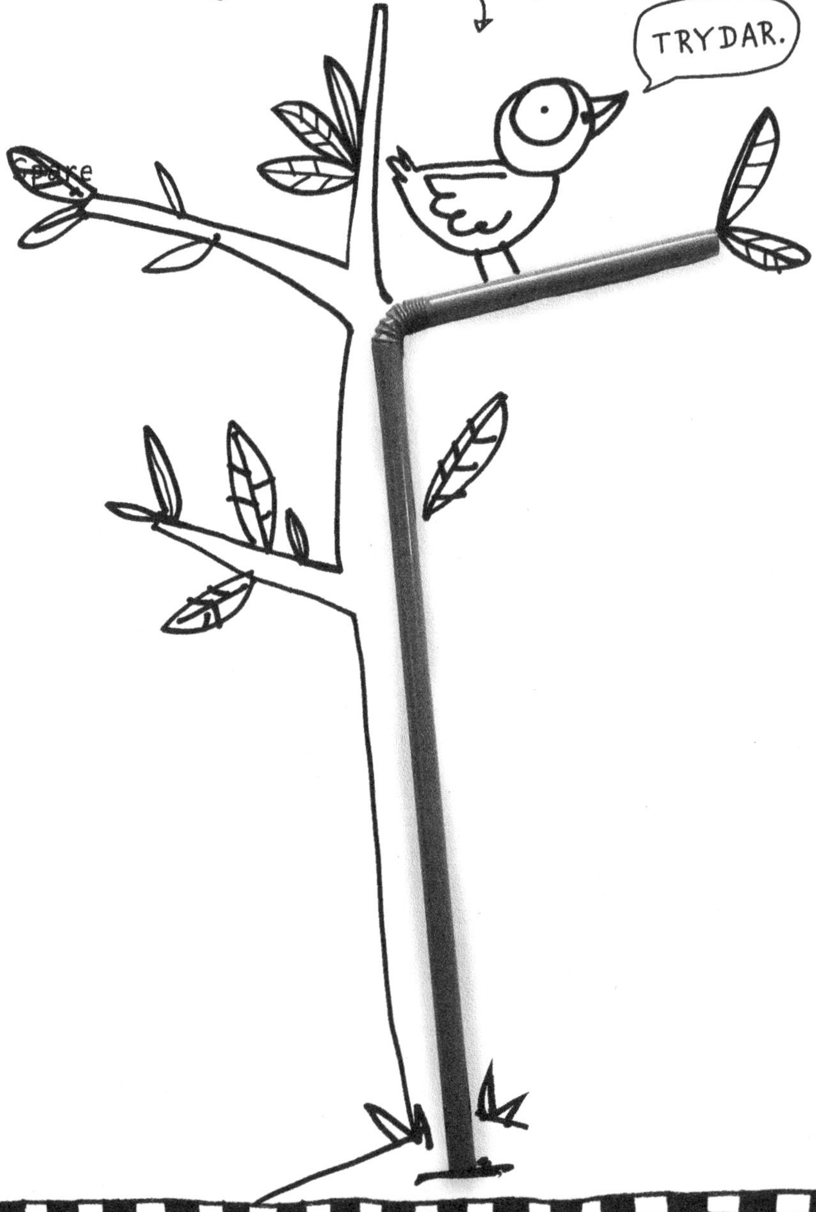

Gofod ar gyfer eich dŵdl FFRWYTH ...

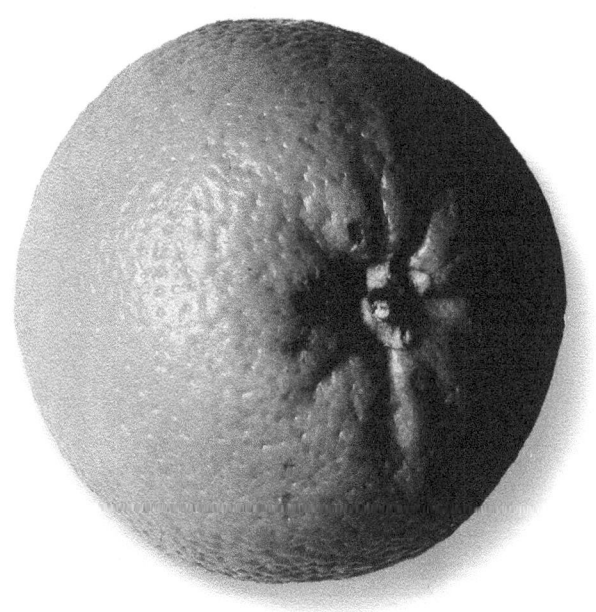

Yn ogystal â dŵdls FFRWYTHAU a GWELLTYN, dwi'n hoffi troi croen fy oren yn DDANNEDD, fel hyn.

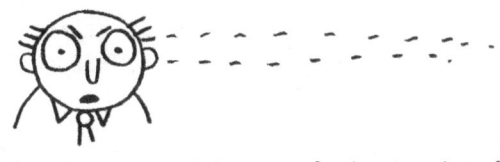

Maen nhw dal yn fy ngheg pan dwi'n dychwelyd i'r dosbarth. Mae ceisio ateb fy enw, pan mae Mr Ffowc yn gweiddi'r gofrestr amser cinio, fymryn yn anodd. Dwi'n meddwl mod i wedi cael get-awê efo hi, cyn iddo fo ddweud **"TYNNA'R DANNEDD CROEN OREN YNA!"**

Dwi heb greu argraff dda (a dwi'n meddwl ei fod o'n dal fymryn yn flin.)

Yna mae Bryn yn rhoi ei law i fyny yn sydyn ac yn GOFYN a ydyn ni'n mynd i fod yn gwneud unrhyw beth sy'n HWYL ar gyfer DIWRNOD OLA'R TYMOR.

"Fel ry'n ni'n ei wneud FEL ARFER, syr," ychwanega.

(PWYNT DA, Bryn!)

Mae Mr Ffowc yn culhau ei lygaid ac yn dweud, **"Wel, gallem ni gael CWIS"?**

CWIS? Aiff sŵn "Aaaawwwwwwwwww" o gwmpas y dosbarth, sy'n gadael i Mr Ffowc wybod nad CWIS oedd beth roedden ni i gyd yn ei ddisgwyl.

"IAWN. Wela i beth alla i ei drefnu ar gyfer fory 'ta."

"Dim jyst CWIS, gobeithio," sibrydaf wrth .

"Dwi ddim yn meindio cwis," meddai hi wrtha i.

"Mae hynny am dy fod di'n gwybod yr atebion i'r cwestiynau. Fel arfer, dwi'n cael fy rhoi ar dîm gyda WYDDOST-TI-PWY..."

Mae Carwyn yn gwrando arna i.

"AC MAE'R PERSON YNA 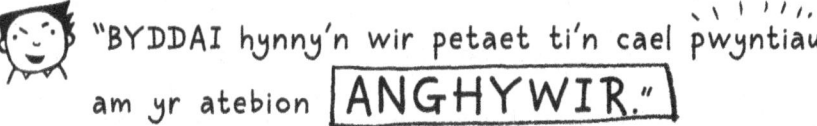 bob amser yn meddwl ei fod o'n gwybod yr holl atebion - ond mae o'n eu cael nhw'n ANGHYWIR."

"Alli di ddim fod yn siarad amdana I achos dwi'n  DDA OFNADWY mewn cwisys," meddai Carwyn.

"BYDDAI hynny'n wir petaet ti'n cael pwyntiau am yr atebion ANGHYWIR."

"Tyrd yn dy flaen 'ta, GOFYN gwestiwn i mi."

"Pam ti mor WAEL mewn cwisys?"

"Dwi ddim - cwestiwn nesaf."

"IAWN - beth ti'n galw bwmerang sydd ddim yn dod yn ôl?" (sy'n jôc sydd wedi bod yn mynd o gwmpas yr ysgol ac sydd ychydig fel cwestiwn.)

"Paid â dweud wrtha i - DWI'N GWYBOD hwn," meddai Carwyn. Dwi'n aros ... ac aros ...

(Dydi o ddim yn gwybod yr ateb.)

 "BRIGYN ydi'r ateb cywir!)!"

 "Ro'n i AR FIN DWEUD HYNNA!"

meddai Carwyn wrtha i. (Doedd o ddim.)

"Tyrd yn dy flaen – GOFYN gwestiwn arall i mi."

Alla i ddim meddwl am un arall ar y funud, felly dwi

jyst yn gofyn rhywbeth HYNOD O HAWDD.

 "Beth ti'n ei wneud yn ystod y gwyliau

wythnos nesa?"

"Sut fath o gwestiwn ydi HWNNA?"

 "Un y dylet ti allu ei ateb."

Mae o'n meddwl mod i'n trio ei dwyllo.

(Dwi ddim.) Dwi'n gallu gweld ei fod o'n YSTYRIED

y peth. Yna mae o'n dweud,

"WEL, gan dy fod ti'n gofyn,

dwi'n mynd i ymweld â ..."

(63)

BYD SIOCLED.

Mae o i fod yn

FFANTASTIG!

A wnei di byth gredu beth sydd ganddyn nhw yno."

"Gad i mi feddwl ... SIOCLED ella?"

meddaf fi yn goeglyd.

"HEBLAW am hynny. Mae ganddyn nhw LWYTHI

o *REIDS* ac mae UN ohonyn

nhw'n mynd drwy AFON o ...

DYFALA BETH?"

"Siocled?"

"SIOCLED GWYN, a dweud y gwir.

Dwi'n methu AROS!"

Iym

Mae o yn swnio'n dda, felly dwi'n gofyn ...

"Hei, Carwyn, fedri di ddod â rhywbeth NEIS yn ôl

i mi o BYD SIOCLED?"

(**D**wi'n gwybod na wnaiff o ond mae hi'n werth TRIO.)

"**S**UT fath o rywbeth?"

mae o'n holi'n amheus.

"SIOCLED fyddai'n neis!"

"Mae gen i syniad gwell – wna i gael bathodyn i ti sy'n dweud, ➡ Wnes i ddim mynd i BYD SIOCLED. Ha! Ha!

"**B**yddai'n well gen i siocled, a bod yn onest." Mae Carwyn yn dal i CHWERTHIN am ben ei jôc HYNOD DDONIOL pan mae cloch DIWEDD Y DYDD yn canu.

Mae **M**r **F**fowc yn sefyll ar ei draed ac yn dechrau gwneud cyhoeddiadau am fory.

MAE O'N DWEUD ➡

Peidiwch ag anghofio mai fory ydi *[squiggles]* **IAWN?**

SGRAFELLU

Ond gan fod pawb yn **SGRAFELLU** eu cadeiriau, wnes i ddim clywed yr un gair ddywedodd o. O wel – pe bai o'n bwysig, bydden ni wedi cael llythyr i fynd adref efo ni. A beth bynnag, dwi'n trio gadael AR FRYS.

Mae dosbarth Derec yn aml yn gadael yr ysgol yn gynt na fy un i. (Wn i ddim PAM!) Felly mae o'n aros amdana i y tu allan yn barod.

Gwych – FFWRDD â NI! meddai o, fel petai o ar frys.

Dal dy afael ...

Dwi eisiau CAEL SBEC SYDYN, cyn i ni ddechrau cerdded. Weithiau, os dwi'n $*$ lWCUS, wna i ffeindio ambell 5c neu 10c yng ngwaelod fy mag, yn newid mân o 'nghinio ysgol. Yna ry'n ni'n cael STOPIO yn y siop i brynu snacs.

Tra dwi wrthi'n brysur yn chwilio, mae Derec yn dechrau CURO ei wyneb.

Fo ydi fy FFRIND GORAU ac ro'n i'n meddwl mod i'n gwybod popeth amdano fo. Ond dwi ERIOED wedi'i weld o'n gwneud hynna o'r blaen.

Hyh?

"BETH ti'n wneud?" holaf.

"Dwi'n chwarae tiwn ar fy WYNEB. Ti'n agor a chau dy geg ac mae o'n gwneud gwahanol synau. Gwranda ..."

Sgiliau ➤

Mae Derec yn dangos i mi drwy chwarae fersiwn eithaf da o 'Pen-blwydd Hapus' ar ei fochau. Mae o'n MYND AMDANI pan dwi'n cynhyrfu'n LÂN a GWEIDDI ...

FFANTASTIG!

IEI!

"Paid â mynd dros ben llestri, dydi o ddim mor dda â hynna," meddai.

(68)

"NA — dwi wedi ffeindio ARIAN yng ngwaelod fy mag!"

Ry'n ni'n dathlu gyda PAWEN LAWEN, cyn i

Derec ddangos i MI sut i chwarae *tiwn*

i ddathlu hefyd.

Sy'n llawer anoddach nag mae o'n edrych.

Ry'n ni reit yng NGHANOL curo'n

hwynebau, pan mae EFA a'i ffrindiau yn cerdded

heibio.

"Ydi'r ymarfer band wedi dechrau yn barod 'ta?" meddai Efa, dan CHWERTHIN.

Mae hi'n amser da i stopio p'run bynnag.

"Mae dy wyneb yn goch," meddai Derec wrtha i.

"A dy un di," meddaf i.

Ry'n ni'n gadael BWLCH go lew rhwng **EFA** a'r genod eraill, cyn i ni gychwyn am adref.

Y peth CYNTAF dwi'n wneud pan dwi'n cyrraedd adref ydi gorffen bwyta'r  brynais i, fel bod Mam ddim yn gwybod mod i wedi bod yn y siop. (Wedi'i sortio.)

Mae hi wedi bod yn paratoi ar gyfer ein gwyliau ac yn syth bin mae hi'n dweud ...

> Gad i mi BACIO dy fag, TWM.

"Be, rŵan? Fedra i wneud fy mhacio fy hun," dwi'n dweud wrth Mam yn hyderus.

"Wn i, ond wyt ti'n cofio'r tro dwytha baciaist ti a wnest ti anghofio dod â dy DRÔNS?"

Diolch, Mam, am fy atgoffa i
o HYNNY.

"Mae rhai pethau'n hanfodol."
"IAWN, Mam,
gofia i fy NHRÔNS!"

meddaf i'n gyflym, fel nad ydi hi'n PARHAU i

siarad amdanyn nhw.

"Ro'n i'n sôn am y bocsys plastig YMA – maen nhw

wastad yn handi ar wyliau," meddai

Mam wrtha i.

(O ddifri? Wn i ddim pam – ond o leiaf wnaeth hi

ddim dweud TRÔNS unwaith eto.)

"Gad bopeth ti am fynd efo ti allan a bacia i drostat

ti. GAN GYNNWYS TRÔNS glân."

(Ochenaid ...)

Ry'n ni'n mynd ar ein GWYLIAU i le o'r enw:

PARC PINWYDD

Dwi wedi gweld lluniau ac mae o'n edrych yn dipyn mwy

ffansi na'r llefydd ry'n ni'n mynd i aros ynddyn nhw fel arfer.

Mae Dad yn dweud ein bod ni'n aros mewn *fila symudol,* sy'n swnio'n well nag aros mewn PABELL. Yr unig beth DRWG am y gwyliau ydi ...

bod Delia yn dod efo ni.

Dydi hi ddim yn rhy hapus am y peth chwaith.

Y diwrnod o'r blaen, yn y gegin, cafodd Mam a Dad "sgwrs" FAWR am PAM nad oedd Delia yn gallu aros adref. Doeddwn i ddim i fod i glywed ond roedd hi'n ANODD peidio, yn enwedig pan waeddodd Delia,

"Ond dwi ddim hyd yn oed yn HOFFI gwyliau NA'R HAUL."

Dywedodd Dad nad oedd yn rhaid iddi boeni am yr HAUL gan y byddai'n bwrw bob dydd, mwyaf tebyg.

"Dyna reswm arall dros BEIDIO dod 'ta,"

meddai Delia wrthynt.

Dywedodd Mam nad oedd hi am fwrw. "Wel, ddim *BOB* diwrnod. Tyrd yn dy flaen, Delia – bydd mynd ar wyliau teulu *hyfryd* yn **HWYL!**"

"HWYL ydi beth fydd o DDIM," dywedodd Delia wrthynt. Gallwn ddweud nad oeddd hi'n hapus. Roedd hi'n cwyno am lwyth o bethau ac roedd hi'n cadw dweud,

"Mae FY ffrindiau'n gwneud HYN ..." a

"Mae fy ffrindiau'n gwneud Y LLALL ..."

Mae'n rhaid i mi gydnabod, roedd hi wir yn trio'i gorau i BEIDIO dod ar y gwyliau efo ni. Pe bawn I yn gorfod penderfynu, byddai'r sgwrs wedi bod yn debycach i HYN:

Delia: Dwi DDIM yn dod ar wyliau efo chi.

Fi: IAWN.

Ydych chi'n gweld? Hawdd. Dim ffws, dim ffwdan, dim dadlau.

Sefais y tu allan i'r drws a rhoi fy NGHLUST yn ei erbyn er mwyn CLYWED mwy o'r sgwrs, ond dechreuodd fynd fymryn yn ANEGLUR. Felly yn y diwedd, wnes i esgus nad oeddwn i'n gwybod ei bod hi'n sgwrs BREIFAT a cherddais i mewn. Roedd Dad yng nghanol dweud,

"OS gytunwn ni, bydd yn rhaid i ti rannu stafell."

Dyna pryd gwnes i BANICIO.
RHANNU STAFELL GYDA DELIA? DIM PERYG!

"DWI DDIM YN RHANNU STAFELL!"
gwaeddais.

"**T**I ddim yn gorfod RHANNU stafell, Twm. Siarad efo Delia ydyn ni. Dos allan."

Cefais gymaint o **ryddhad** fel na wnes i ddim meddwl dim rhagor amdano.

Wnes i jyst mynd i dynnu lluniau ac edrych ymlaen at y gwyliau yn lle hynny.

DIWRNOD OLAF YR YSGOL

IEI!

Mae hi'n anhygoel cymaint o wahaniaeth y gall un diwrnod ei wneud. Dwi wedi deffro yn GYNT óō nag arfer bore yma, felly dwi'n penderfynu galw am Derec am newid. Fel arfer, y fo sy'n aros amdana i.

Dwi'n casglu fy holl stwff ar gyfer yr ysgol, sydd ddim yn cymryd yn rhy hir. Dwi'n cael brecwast CYFLYM cyn i mi gychwyn am dŷ Derec.

Tost

Dwi'n canu'r gloch nifer o weithiau cyn bod rhywun yn dod i ateb.

Tad Derec ydi o - a dwi'n dyfalu mai dim ond newydd ddeffro mae o, o'r ffordd mae o'n edrych.

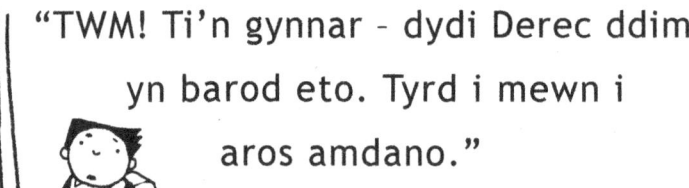

"TWM! Ti'n gynnar - dydi Derec ddim yn barod eto. Tyrd i mewn i aros amdano."

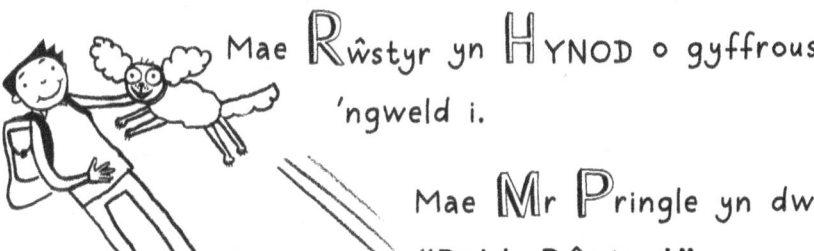

Mae Rŵstyr yn HYNOD o gyffrous i 'ngweld i.

Mae Mr Pringle yn dweud, "Paid, Rŵstyr!"

(Rhy hwyr.)

"Gad lonydd i Twm," ychwanega, wrth iddo fynd â fi i'r gegin. (Mae Rŵstyr yn dilyn.)

"Helpa dy hun i frecwast - wna i ddweud wrth Derec am frysio." Yna mae o'n dweud wrth Rŵstyr am "AROS!" ond dydi hynny ddim yn gweithio chwaith. Er mwyn ei atal o rhag glafoerio drosta i, dwi'n cydio mewn llond dwrn o fisgedi ci o'i bowlen a dwi'n eu ═══ TAFLU ato fesul un, iddo gael eu DAL.

Rŵster

"Dyma chdi, Rŵstyr!"

Mae o'n well am eu dal ...

... nag ydw i am eu taflu nhw.

Mae rhai yn glanio mewn powlen o rawnfwyd.

Dwi ar fin ceisio eu tynnu allan,

pan mae Derec a Mr Mr Pringle yn dod i mewn.

Felly dwi'n rhoi'r llwy i lawr yn gyflym.

"Oeddet ti eisiau brecwast, Twm?"

mae Mr Pringle yn gofyn i mi.

"Ymmm ... Dim diolch. Dwi wedi bwyta yn barod."

"Gymra i'r rhain 'ta, os nag wyt ti eisiau nhw, Derec?"

"Wna i bowlennaid arall i mi fy hun," meddai o, a

dwi'n rhoi ochenaid o ryddhad. Yna mae Mr Pringle

yn eistedd i lawr ac yn dechrau BWYTA

y TRÎTS CI!

"Dydi hi ddim yn rhy hwyr i newid

dy feddwl,"

mae Mr Pringle yn dweud.

"Na, wir - dwi'n iawn."

(Gylp.)

$\mathbb{D}$wi'n cadw'n dawel wrth i Derec a'i dad fwyta
brecwast. DWEUD DIM

"Ti'n GYNNAR," meddai Derec a dwi jyst yn nodio.
"Dwi'n siŵr ein bod ni i fod i wneud RHYWBETH
arbennig HEDDIW, ond dwi methu cofio BETH,"
ychwanega, gan edrych arna i.

"Mae hi'n ddiwrnod ola'r tymor, os mai dyna ti'n
feddwl?"
Yna mae Rŵstyr yn dechrau crenshian ei
fisgedi ci yn ofnadwy o uchel yn y
gornel ac mae $\mathbb{M}$r $\mathbb{P}$ringle yn tynnu
STUMIAU.

Crynsh
Crynsh
Crynsh
Crynsh

"Mae'r grawnfwyd yma'n blasu fel bod
digonedd o ffeibr ynddo fo. Felly
mae'n RHAID ei fod o'n DDA
IAWN i mi!" chwardda.

(Dwi ddim yn dweud gair.)

Trît ci.

Dwi a Derec yn cerdded i'r ysgol pan dwi'n gofyn iddo ...

"Wyt ti erioed wedi bwyta un o fisgedi ci Rŵstyr?"

"Naddo — pam?"

"Achos dwi'n meddwl bod dy dad newydd wneud."

Yn ffodus, pan dwi'n dweud wrth Derec beth sydd wedi digwydd, mae o'n meddwl ei fod o'n HYNOD DDONIOL.

"Felly os dwi'n taflu PêL i Rŵstyr ac mae Dad yn NEIDIO i fyny i'w ddal, fydda i'n gwybod PAM!" chwardda.

wwff!

(Dos i'w nôl!)

Ry'n ni bron â chyrraedd giatiau'r ysgol ac mae
Derec yn DAL i feddwl bod RHYWBETH
yn digwydd ...

Meddwl ...

"Dyma ddiwrnod ola'r tymor. Os ydyn ni wedi
anghofio rhywbeth, pa mor ddrwg all o fod?"

"...EITHAF drwg," meddai Derec.
Mae hi'n Ddiwrnod Dim Gwisg Ysgol.

"Awwww - yr UNIG dro ble gallwn ni wisgo beth bynnag ry'n ni ei eisiau ac EDRYCHA ar y DDAU ohonon ni."

 "Ro'n i'n gwybod mod i wedi anghofio rhywbeth."

Dwi'n ceisio bod yn BOSITIF wrth i mi edrych o 'nghwmpas a dweud wrth Derec ...

"Paid â PHANICIO - dwi'n siŵr nad NI fydd yr unig ddau fydd yn gwisgo ein gwisg ysgol. Gei di weld."

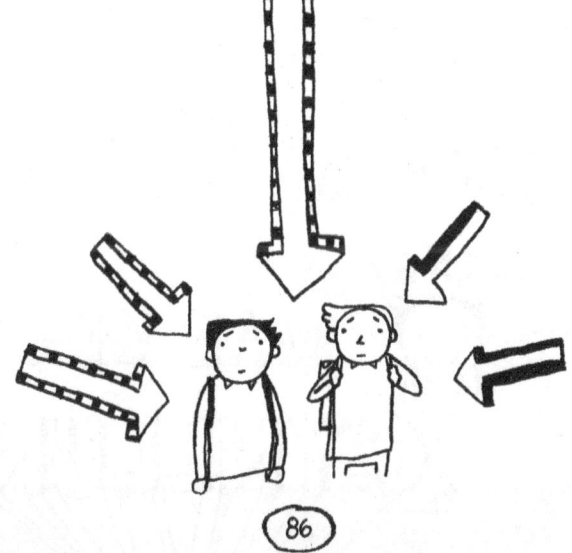

"Gallen ni fynd adref i newid?" dwi'n cynnig.

 Mae Derec yn pwyntio at

Mr Preis, ⟶

sy'n sefyll wrth giatiau'r ysgol.

"Mae hi'n rhy hwyr – wnaiff o ddim caniatáu i ni adael RŴAN." (Gwir.)

Dwi'n ystyried tynnu fy nghrys chwys neu rowlio fy llawes, er mwyn gwneud i fy ngwisg ysgol EDRYCH yn wahanol.

Mae'n rhaid bod RHYWBETH

y galla i wneud ...

"Dwi'n GWYBOD be i'w wneud!"

meddaf fi wrth Derec.

I DDECHRAU dwi angen BEIRO.

FELLY dwi'n cymryd un o fy mag.

"Ti'n mynd i dynnu llun i mi?" meddai Derec.

"RHYW FATH. Ti'n gwybod bod gennym ni grysau-T gwyn yn ein bagiau ymarfer corff?"

 "Y bagiau sy'n hongian yn y stafell gotiau yn YR YSGOL?"

 "YN UNION! Beth petawn i'n TYNNU LLUN LOGO BAND CŴN SOMBI arnyn nhw?"

"GWYCH! Ond pryd ti'n mynd i wneud HYNNY?" gofynna Derec.

 Sy'n bwynt da. Chawn ni ddim mynd i mewn i'r ysgol ETO.

Hmmmmmm ...

Dwi'n ystyried beth i'w wneud nesa pan mae RHYWUN yn agor y drws o'n blaenau. A dydi o'n

NEB LLAI na ➪ **Berian Jones.**

(Mae o'n bihafio'i hun y dyddiau yma ac mae o hyd yn oed yn helpu i osod y cadeiriau ar gyfer y gwasanaeth).

 "BERIAN! CADWA'R DRWS YNA'N AGORED, PLIS," gwaeddaf.

"Sori, Clwydi, chei di ddim dod i mewn. Fydda i mewn dŵr poeth os gwna i dy adael di i mewn Be goblyn ti'n ei WISGO?"

"Wnaethon ni anghofio ei bod hi'n Ddiwrnod Dim Gwisg Ysgol. Os ti'n ein gadael ni i mewn, gallwn gael ein crysau ymarfer corff o'r stafell gotiau a gwisgo'r rheini."

Hmmmmmmm ...

Dydi Berian ddim yn edrych yn argyhoeddedig.

"Wnaiff o ddim cymryd llawer o amser – gen i

SGILIAU NINJA HYNOD wych."

Mae llygaid Berian yn culhau ac mae o'n meddwl am sbel, ond yn y pen draw mae o'n dweud,

"IAWN, ond chaiff y DDAU ohonoch ddim mynd dim ond Twm. A pheidiwch â dweud wrth NEB mod i wedi'ch gadael chi i mewn, neu byddwch chi mewn trwbwl efo FI."

GYLP...

"Diolch, Berian." Dwi'n cymryd anadl ddofn ac yn camu'n dawel i mewn i'r ysgol, yn barod i ddefnyddio fy sgiliau.

Dwi'n edrych i'r chwith ac i'r dde, cyn sleifio ar hyd y wal.

Mae popeth yn iawn hyd yma ...

Dwi'n mynd yn nes ...

ac yn nes ...

ac yna IEI!

Dwi'n LLWYDDO!

Mae ffeindio ein bagiau ymarfer corff ni'n hawdd, felly dwi'n =CYDIO ynddyn nhw ac yn CRIPIAN yn ôl am y drws. Mae Berian a Derec yn CHWIFIO yn ffyrnig, eisiau i mi

FRYSIO!

Dwi bron

yna pan ...

mae **M**rs Williams yn YMDDANGOS yn sydyn!
Felly dwi'n cuddio ac yn aros yn HYNOD o llonydd.

*"Mae hi'n braf gweld eich bod chi HOGIAU yn AWYDDUS
i ddod i mewn i'r ysgol. Ond rydych chi bach yn fuan. Rwan
caewch y drws ar eich hôl, plis."*

Gallaf weld bod Derec yn ceisio dweud rhywbeth.

 "Ond ... ymmmm ..."

Does dim pwynt. Mae **M**rs Williams yn cau'r drws
a dwi'n cael fy ngadael y tu mewn – yn cuddio.
Wrth iddi gerdded ymaith, dwi'n penderfynu

RHUTHRO allan.

Yna mae **M**r **S**brocet yn cerdded heibio
a dwi'n cael fy ngorfodi i GUDDIO nes bod
y gloch gynta'n canu.

Ding! Ding! Ding! **D**wi'n anelu am y dosbarth gan esgus mod i jyst yn OFNADWY. gynnar (sy'n anarferol i mi).

Mae **M**r **F**fowc yn meddwl hynny hefyd.

"CHDI ydi hwnna, o ddifri, Twm?"

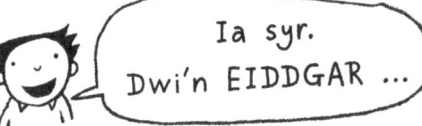

Ia syr.
Dwi'n EIDDGAR ...

Ond yna dwi'n cofio fod fy mag gan Derec a mod i'n dal yn fy ngwisg ysgol. Felly dwi'n DWEUD ...

"Dwi'n EIDDGAR i DYNNU 'ngwisg ysgol a rhoi fy nghrys-T amdana i. Wedi i mi dynnu llun arno. Dyna pam dwi'n GYNNAR."

Mae **M**r **F**fowc yn ochneidio.

"Dos yn dy flaen 'ta, BRYSIA."

(Mae **M**r **F**fowc mewn gwell hwyliau na ddoe, felly dwi'n benthyg beiros ac yn dechrau dŵdlo.)

  Diolch, syr.

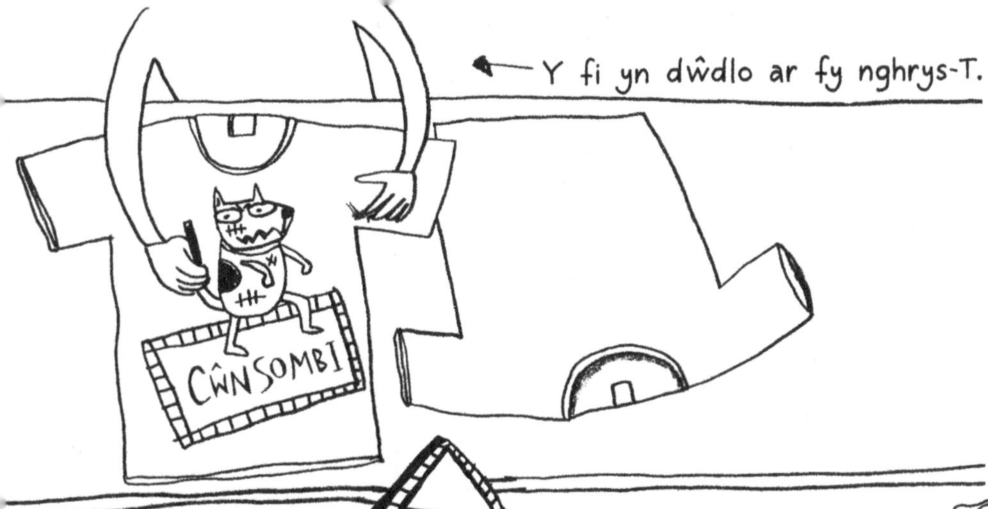
Y fi yn dŵdlo ar fy nghrys-T.
CŴN SOMBI

Maen nhw'n edrych yn ★ WYCH ☆ er mai fi sy'n dweud.

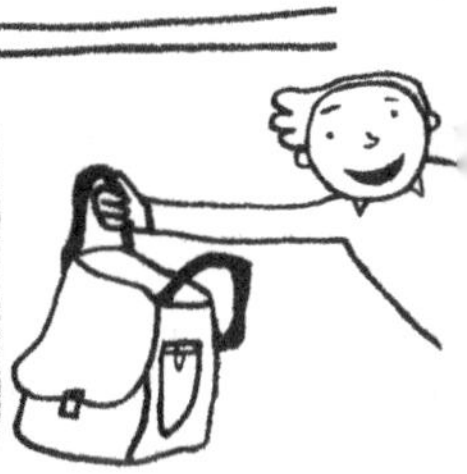

Dwi'n gorffen dŵdlo ar y crys-T jyst fel mae Derec yn cyrraedd efo fy mag. Ry'n ni'n CYFNEWID YN SŴPYR-SYDYN a dwi'n rhoi ochenaid o RYDDHAD ACHOS:

1. Chefais i mo 'nal gan Mrs Tash Williams.

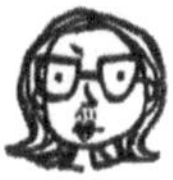

2. Dydyn ni ddim yn NYRDS gwisg ysgol bellach.

CŴN SOMBI
CŴN SOMBI

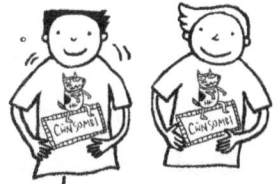

Aiff y fraint honno i Carwyn Campell, sydd ddim wedi sylweddoli ei bod hi'n ddiwrnod DIM gwisg ysgol chwaith. (Bechod.)

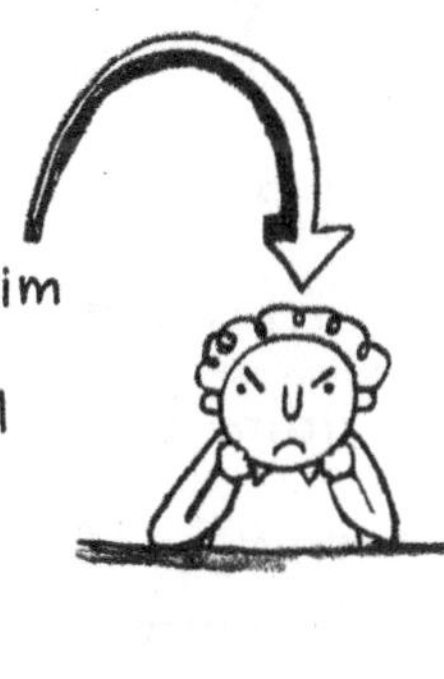

"ANGHOFIAIS I," meddai Carwyn, gan edrych fel ei fod o wedi cael DIGON. Mae o'n ddigon drwg eistedd y drws nesa iddo pan mae o mewn hwyliau DA (ac yn bod yn SMYG). Ond pan mae o mewn hwyliau DRWG, mae o hyd yn oed yn WAETH.

PIWIS

Gan ei bod hi'n ddiwrnod OLAF y tymor a gan mod i'n teimlo'n hael, dwi'n dangos fy nghrys-T i Carwyn.

"ALLA i wneud un o rheina i ti, OS ti eisiau?""
Mae Carwyn yn fy llygadu'n amheus.

"Beth ti eisiau?"
"Dim byd – jyst paid â bod yn ddiflas DRWY'R dydd."
"Af i i nôl fy nghrys-T ymarfer corff. Ond dwi ddim eisiau enw dy fand DI ar y ffrynt. Jyst fy enw i, IAWN?" meddai o, gan godi ei galon fymryn.

"Iawn, ond well i ti frysio. Does gennym ni fawr o amser." Mae Mr Ffowc wrthi'n sortio stwff ar y bwrdd, fel mae'r plant eraill yn cyrraedd y dosbarth. Tra ei fod o'n dal yn brysur, mae Carwyn yn nôl ei grys-T i mi a dwi'n dechrau tynnu llun arno, tra mae o'n GWYLIO.

Ychydig yn rhy agos yn fy marn i.

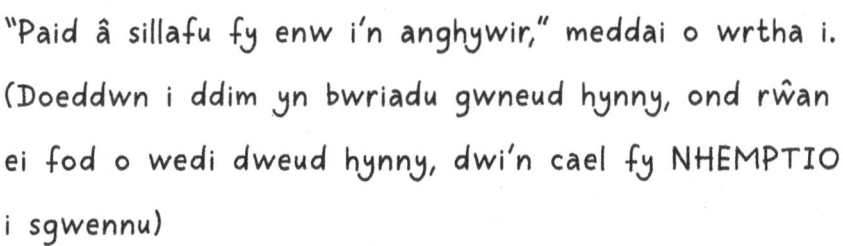

"Paid â sillafu fy enw i'n anghywir," meddai o wrtha i. (Doeddwn i ddim yn bwriadu gwneud hynny, ond rŵan ei fod o wedi dweud hynny, dwi'n cael fy NHEMPTIO i sgwennu)

DARWYN HARWYN JARWYN LARWYN PARWYN

... ond dydw i ddim.

 Dwi'n gwneud cynllun HYNOD o neis ...

Dyma'r un wnes i i Carwyn.

Ar y FFRYNT

Dyma grys-T sbâr i chi gael gwneud cynllun arno.

Dyma FY NGHYNLLUN

GOFOD ar gyfer cynllun arall.

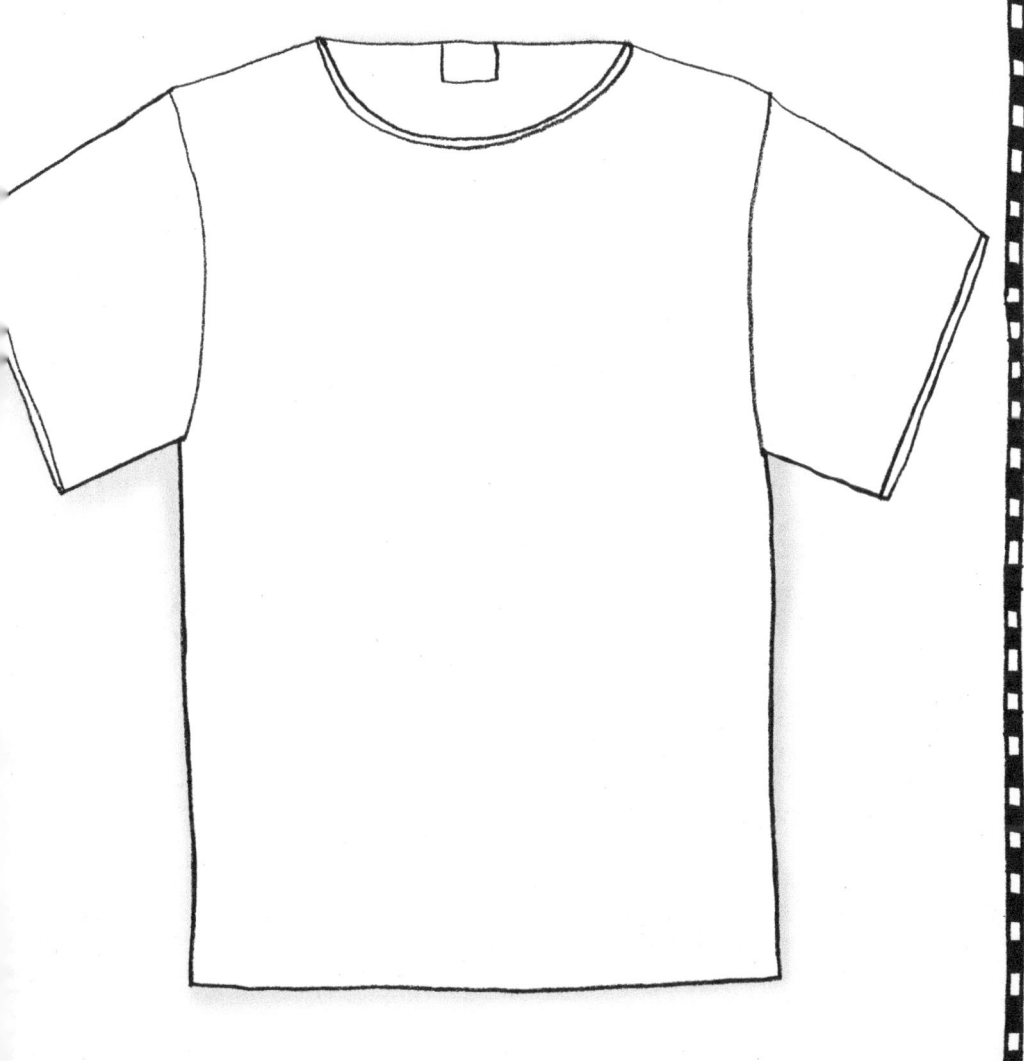

Dwi'n gorffen beth dwi'n ystyried yn ddŵdl da iawn ar grys-T Carwyn pan mae o'n dweud, "Beth sy'n mynd ar y CEFN? Mae o braidd yn WAG."

GWAG

"Dim byd. Dim ond trio dy helpu di oeddwn i, cofio?"

"Alli di wneud rhywbeth arall? DIM logo dy fand di," meddai Carwyn gan ANWYBYDDU beth dwi newydd ddweud.

"Tyrd â fo yma'n *sydyn* – wna i dynnu llun un o fy mwystfilod," OCHNEIDIAF.

Dwi'n gwneud hyn ac mae Carwyn yn ei wisgo. Mae o hyd yn oed yn dweud, "Diolch," sy'n rhywbeth.

Yna mae o'n dechrau cwyno ETO!

"Mae o'n dal i deimlo ychydig fel gwisg ysgol," meddai o'n gwynfanllyd.

"Does dim RHAID i ti ei wisgo," meddaf i.

"Mae o'n well na DIM, mae'n siŵr."

Dwi wedi cael digon arno fo'n cwyno, felly dwi'n penderfynu gwneud rhywbeth am y peth.

"Hei, Carwyn – mae angen gorffen llun y bwystfil YN IAWN. Ella gwnaiff hynny helpu."

"Dwi DDIM yn tynnu fy nghrys-T," meddai o wrtha i.

"Does dim rhaid i ti – jyst tro rownd a PHAID symud."

"Paid â thynnu llun dim byd gwirion!" meddai Carwyn.

"BASWN I DDIM ..."
Ond rŵan ei fod o wedi dweud HYNNA ...

Mae o'n gyfle rhy dda i'w GOLLI.

Dyna ni ... wedi gorffen.

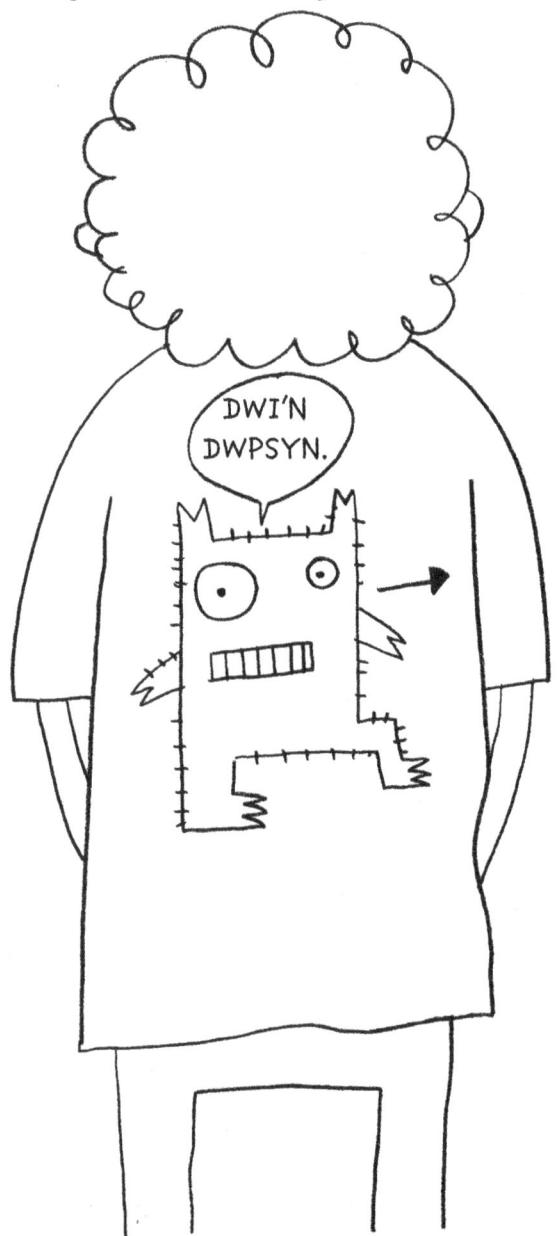

(Dwi'n meddwl ei fod o'n welliant mawr.)

DIWRNOD OLAF Y TYMOR!

Mae Mr Ffowc yn edrych yn llawer **HAPUSACH** heddiw. Mae o fel petai gennym ni athro gwahanol.

"S'mai Ddosbarth 5C! Pwy sy'n falch mai dyma DDIWRNOD OLAF Y TYMOR?"

(Dwi'n meddwl fod Mr Ffowc.)

Dwi'n gweiddi **FI!** fel gweddill y dosbarth.

"A phwy sy'n barod am ein Cwis GWIR neu GAU FFANTASTIG?"

mae o'n ychwanegu'n gyffrous.

105

Dwi, o ryw fath ...

(Beryg fod o'n well na mathemateg.)

Mae Mr Ffowc yn ein rhannu yn DDAU DÎM Mawr.

Mae **eFA** yn lwcus – mae hi wedi cael ei symud

i eistedd gyda Indrani. Dwi'n gorfod eistedd efo –

DYFALWCH PWY?

CARWYN →  (Gwych.)

"Paid â gwneud llanast o'r atebion, wnei di?"

meddai o wrth i ni gael taflen cwis.

 "GWIR neu GAU ydi o – mae'r atebion ar y papur. Rhaid i ni ddewis yr un iawn. PA mor anodd all o fod?"

 "Hawdd I MI. Dwi'n dda mewn cwis, cofio?"
(Gawn ni weld am hynna ...)

Gwir neu gau – rhowch gynnig arni …

		GWIR	GAU
1	All pengwin ddim hedfan, felly dydi o DDIM yn aderyn.		
2	Mae pinafal yn tyfu ar goeden.		
3	Mae gan bry cop WYTH coes.		
4	Os ydych chi'n cymysgu melyn a glas, cewch borffor.		
5	Mae uncyrn yn anifeiliaid go iawn.		
6	Sydney yw prifddinas Awstralia.		
7	Gwenyn sy'n gwneud mêl.		
8	Roedd Dodos wir yn bodoli.		
9	Os ydych chi'n cymysgu melyn a coch, cewch oren.		
10	Llewpart yw'r anifail cyflymaf ar y tir.		

A dyma rai wnes i eu creu.

	GWIR	GAU
Mae gan Carwyn gi MAWR iawn yn anifail anwes.		
Mae gan Mrs Williams farf.		
3DIWD ydi'r band gorau yn y byd.		
Mae wafferi caramel yn flasus.		
Mae'r cefndryd yn casáu ffilmiau arswyd.		
Mae Yncl Cefin yn gwybod popeth.		
Mae llygaid Mr Ffowc mor FAWR â PHLATIAU.		
Dydi tynnu lluniau ysgol byth yn brofiad da.		
Dydi Delia ddim bob amser yn biwis.		
Dwi a Derec wastad wedi bod yn ffrindiau gorau.		

ATEBION AR DUDALEN 241

Roedd y CWIS yn fwy o HWYL nag oeddwn i wedi'i ddychmygu. Cawson ni'r RHAN FWYAF o'r cwestiynau'n IAWN, er mod i wedi cael <u>UN</u> yn anghywir a rŵan wnaiff Carwyn ddim STOPIO mynd ymlaen am y peth.

Mae o'n troi a gofyn i unrhyw un wnaiff wrando ...

HEI! Pwy sy'n meddwl bod UNGYRN wir yn BODOLI? NEB ...? Dim ond <u>chdi</u> felly, TWM.

"Drysu wnes i!" egluraf. Dwi'n cael fy nhemtio i ddweud wrtho beth sydd wedi cael ei sgwennu ar gefn ei grys-T, ond dydw i ddim. A beth bynnag, dydi fy <u>UN</u> ateb anghywir ddim yn stopio ein tîm ni rhag ennill. Sy'n rhywbeth.

A gan bod ein tîm ni wedi ENNILL, mae Mr Ffowc yn dweud mai ni sy'n cael 👆 y dewis cynta o'r TICEDI. RAFFL.

Mae o wedi paratoi bwrdd CYFAN o WOBRAU – sy'n HYNOD o annisgwyl ac yn SYRPRÉIS diwedd tymor neis. 🙂

RAFFL DIWEDD TYMOR

"Wnaiff neb golli allan. Mae RHYWBETH i BAWB ohonoch chi," mae o'n ein sicrhau. Pan dwi'n cael cyfle i gerdded heibio'r bwrdd a GWELD beth sydd ar gael – DWI'N MYND AMDANI.

Dwi a Marc Clwmp yn trafod beth hoffem ni ENNILL, pan mae Lemiwel yn dweud, "Mae hi'n edrych fel bod Mr Ffowc wedi clirio droriau ei ddesg. Does dim fferins na dim."

(Mae o'n dweud y gwir.)

Mae Carwyn wedi bod yn EDRYCH ar y gwobrau hefyd. "Dwi eisiau'r PACED o BENSILIAU yna ond DDIM y paced ANFERTH yna o bapurau GLUDIOG. Pa fath o wobr ydi HYNNA?"

"Ti ddim yn cael dewis – LWC ydi o," meddai efa wrth Carwyn. Yna mae hi'n edrych ar ei grys-T o ac yn dweud, "Llun neis. Ti wnaeth o, Twm?"

"Wyt ti'n ei hoffi o?" gofynnaf, ond mae Carwyn yn TORRI AR DRAWS gan ddweud, "Mae o'n well am dynnu llun nag am wneud CWISIAU – DWYT?"

"Dylet ti weld y bwystfil wnes i ar GEFN ei grys-T," meddaf i wrth efa.

"Mae hwnnw'n un reit dda hefyd."

Mae Carwyn yn HELPU, drwy DROI rownd i ddangos iddi.

Hyd yn oed gwell.

Shhh.

Yna mae Mr Ffowc yn dechrau tynnu RHIFAU ar gyfer y RAFFL – felly rydyn ni'n dawel er mwyn GWRANDO.

Pan mae Carwyn yn clywed ei rif o'n cael ei alw, mae o'n HAPUS IAWN pan mae o'n darganfod mai ei wobr o ydi llyfr nodiadau *ffansi* a BEIRO.

Iei!

LLYFR NODIADAU

Caiff EFA bâr o SANAU a phan gaiff fy RHIF 3 i ei alw, dwi'n RHUTHRO ymlaen

A GWELD fod 3 WEDI CAEL EI ROI AR

Dwi'n HAPUS IAWN gyda 'ngwobr, ond mae Carwyn yn meddwl ei fod o'n DRYCHINEB.

"HA! Dwi'n falch nad fi wnaeth ennill y rheina. Dyna'r wobr WAETHAF ERIOED!"

"Wel, dwi ddim yn cytuno. Mae PAPURAU GLUDIOG yn ddefnyddiol iawn ar gyfer llawer o wahanol bethau."

"FEL BETH?" meddai Carwyn yn wawdlyd.

"Galli di chwarae GÊM Y PAPURAU GLUDIOG, lle ti'n sgwennu rhywbeth ar BAPUR ac yna'n ei sticio ar ben y person arall – FEL HYN – ac yna ti'n gorfod DYFALU pwy wyt ti," egluraf.

"Wel, mae'n well gen i fy llyfr nodiadau a beiro. Mae papurau gludiog ychydig yn RYBISH, rhaid i ti gyfaddef."

Mae Carwyn yn ANGHYWIR am BAPURAU gludiog – mae yna GYMAINT o bethau y gallwch eu gwneud gyda nhw ...

... Gallwch wneud HYN I ddechrau, pan nad ydi CARWYN yn edrych.

Jyst rhag ofn nad oedd o'n ddigon AMLWG.

Heblaw am ludio'r papurau ar gefn Carwyn, dwi eisoes yn ffeindio LLWYTH o bethau eraill i'w gwneud efo'r papurau gludiog.

Beth arall ddylwn i ddarlunio? Hmmmmmm ...

Fy mwystfil

Gorffennwch y dŵdl ac yna gwnewch un eich hun.

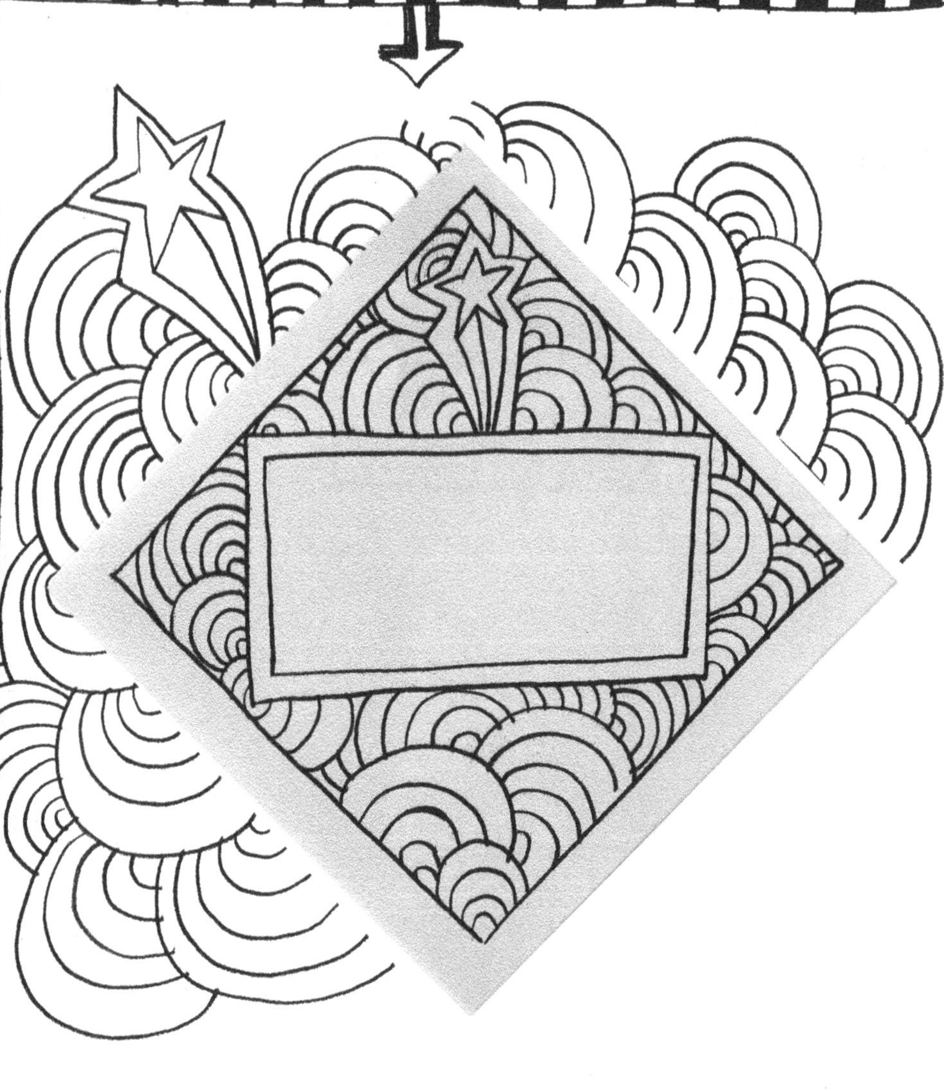

Dwi'n DAL i feddwl am bethau eraill i'w gwneud efo fy mhapurau gludiog pan mae'r gloch yn canu O'R DIWEDD ar gyfer diwedd y tymor. Mae Mr Ffowc yn dweud wrthyn ni ...

Gobeithio cewch chi WYLIAU GWYCH a wela i chi mewn wythnos. Peidiwch ag anghofio GORFFEN eich HOLL waith achos gwnaiff amser HEDFAN. Felly cofiwch ddarfod POPETH ocê, dosbarth 5C?

Ry'n ni'n dweud "IAWN, SYR!" fel ein bod ni wir yn ei olygu. (Wel, mae rhai plant yn ei olygu – dwi jyst eisiau mynd adref!)

Hwn fydd y gwyliau GORAU ERIOED.

Dwi wir yn edrych ymlaen at fynd ar fy ngwyliau. Dwi hyd yn oed ddim yn meindio pan mae Carwyn yn GWTHIO heibio i mi, achos mae o'n LLAWER o HWYL ei wylio fo'n RHANNU fy negeseuon papurau gludiog gyda phawb, wrth iddo gerdded drwy'r ysgol.

(Mor ddefnyddiol.)

Dyma rai o'r negeseuon dwi'n mynd hefo mi ar fy ngwyliau

UN GELL
YMENNYDD
sydd gen i.
(A dyma fo ...)

I Delia
mae hwn.

This one's
to protect
my SNACKS.

(Hefyd yn wir.)

RHYBUDD:
Dwi WEDI llyfu
Y fisged HON.

(Bwytewch os MEIDDIWCH
chi.)

Unrhyw
syniadau
eraill ar
gyfer
sticeri?

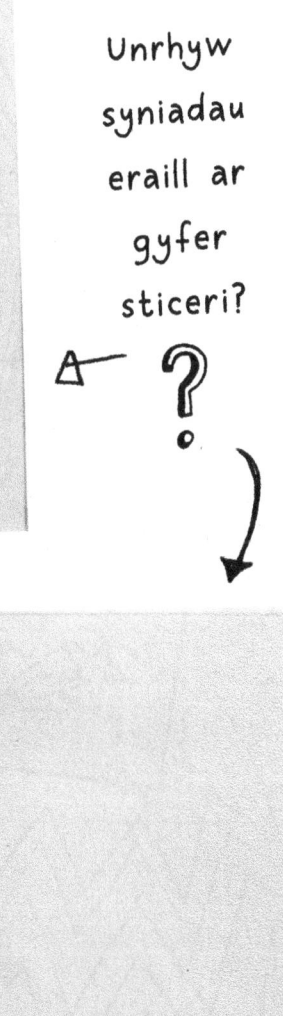

Fel arfer dwi'n hoffi **syrpreisus.**
Dwi eisoes wedi gweld lluniau o ble ry'n ni'n
aros ar ein gwyliau. Felly fydd *HYNNY* ddim yn
syrpréis. Mae o'n edrych fel lle braf, wedi'i amgylchynu
efo COED PINWYDD a ddim yn bell o'r traeth.
Dwi'n hynod GYNHYRFUS!

Gyda 'mag wedi'i bacio (gan Mam
yn y diwedd), dwi'n mynd allan fel
gall Dad ei wasgu i mewn i'r car.
Mae o'n gwneud ei orau i ffitio
POPETH i mewn, ond fydd o ddim
yn hawdd.

"PWY sydd angen CYMAINT â hyn o FOCSYS
plastig?" mae o'n gofyn i mi wrth i DDAU ddisgyn o'r
bag picnic. "Mae gan dy fam OBSESIWN efo nhw!"

Glywais i hynna! mae Mam yn cwyno o'r tŷ.
Mae hi'n gallu clywed popeth (mae ganddi
glustiau fel YSTLUM).

(126)

Fel dwi'n rhoi fy mag i Dad, dwi'n sylwi bod y sedd YCHWANEGOL wedi'i gosod reit yng nghefn y car,  sy'n gwneud i mi YSTYRIED ...

Beth sy'n mynd ymlaen?

Dydi'r sedd YNA ond yn cael ei gosod os ry'n ni'n rhoi LIFFT i bobl eraill. (Fi sy'n gorfod eistedd ynddi fel arfer.)

 Dyma ran GYNTAF y syrpréis.

Yna meddai Dad wrtha i,  Twm, ti'n y CEFN.

"Pam mod i'n gorfod EISTEDD yn fan'na? Pam na cha i eistedd yn yr un lle ag arfer?"

"Rhaid i ti eistedd yn y cefn, achos ry'n ni'n casglu Anest ar y ffordd."

"ANEST! - I BETH?"

Wyneb o syndod

Dydi Dad ddim yn fy ateb i'n syth, felly dwi'n dweud, "Dydi hi DDIM yn dod ar y gwyliau efo ni, nadi?"

Mae o'n mwmial rhywbeth am Delia eisiau dod â ffrind efo hi ac nad oes ganddyn nhw fawr o DDEWIS os ydyn nhw eisiau i Delia ddod.

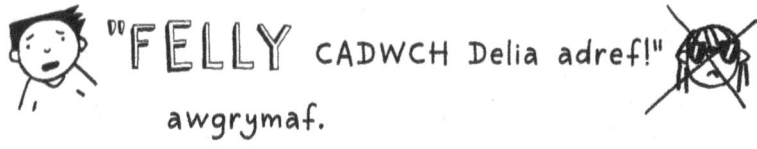 "FELLY CADWCH Delia adref!" awgrymaf.

Mae hyn yn SYRPRÉIS MAWR

(A dydi o DDIM yn un dwi'n hapus amdano fo CHWAITH.)

Mae **M**ae **D**elia ac **Anest** wedi bod yn ffrindiau am sbel, ac ar wahân i'r ffaith bod **Anest** yn dipyn byrrach na Delia, maen nhw'n edrych yn eithaf tebyg, mewn ffordd **brudd**. O leiaf dydi **Anest** ddim yn

SIARAD rhyw lawer, felly fydd hi ddim yn trio tynnu fawr o sgwrs yn y car.

Mae HYNNY'N RHYWBETH.

Mae Mam wastad yn trio yn galed i sgwrsio efo **Anest**, ond dydi hi byth yn dweud dim byd mwy na

A dyna ni.

Dydi'r ffaith bod Anest yn dod efo ni DDIM yn beth dwi'n ei gysidro'n SYRPRÉIS

Dwi'n dal i drio dygymod efo'r NEWYDDION pan mae Mam yn dod allan at y car ac yn dweud, "Sori, Twm – ddaru ni ddim dweud wrthyt ti bod **Anest** yn dod efo ni?"

"NADDO! Pam bod Delia yn cael dod â ffrind a dwi DDIM?" gofynnaf.

Does dim digon o le. Ella cei DI ddod â ffrind y tro NESA," meddai Mam wrthyf fi. Mae hyn wedi'i STORIO yn fy YMENNYDD rŵan ac fe GAIFF ei gofio a byddaf yn ei hatgoffa ohono y tro nesa ry'n ni'n mynd ar ein gwyliau.

Gwyliau.

Derec.

"Dyna'r UNIG ffordd y gallen ni gael Delia i beidio treulio'r holl amser yn pwdu. Ti'n gwybod sut mae hi'n medru bod weithiau – PLANT YN EU HARDDEGAU a ballu," ychwanega Mam fel petai o'n

ESGUS.

"**P**am bod **Anest** yn gorfod dod efo ni?" gofynnaf i Dad eto. Dwi ddim yn meddwl ei fod o'n deg.

"Achos doedden ni ddim yn gallu gadael Delia adref ar ei phen ei **HUN**, felly wnaethon ni gytuno y gallai hi ddod â ffrind. O leiaf RŴAN wnaiff hi ddim treulio'r **HOLL** amser yn bod yn BIWIS!"

"Mae hi wastad yn biwis," dwi'n nodi. Yna daw Mam allan yn cario mwy o fagiau ac mae hi'n dweud wrtha i, "Wnaiff Delia ac **Anest** gadw cwmni i'w gilydd a gei **di** gadw cwmni i **NI!**"

"Meddylia am yr holl bethau **HWYLIOG** gawn ni ei wneud efo'n gilydd!" meddai Dad yn frwdfrydig.

"Sut fath o bethau?" holaf, achos dwi DDIM wedi fy argyhoeddi na wnaiff Delia ac **Anest** sbwylio fy **HOLL** wyliau.

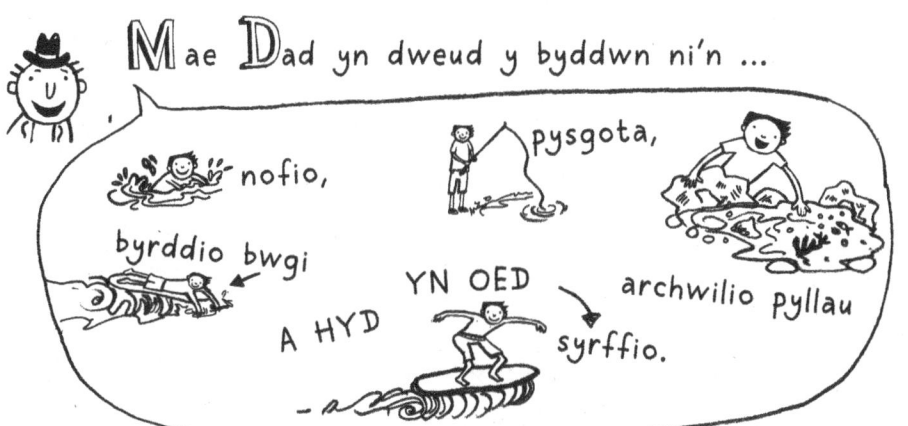

Mae Dad yn dweud y byddwn ni'n ...

nofio,

pysgota,

byrddio bwgi

archwilio pyllau

A HYD YN OED

syrffio.

Pan mae Dad yn dweud "syrffio," mae Mam yn gwneud sŵn GWAWDLYD MAWR.

"Ti'n mynd i SYRFFIO, Ffranc? O DDIFRI?"

"Beth ti'n feddwl? Mae o'n dod yn naturiol i mi – gei di weld," meddai Dad gan esgus SYRFFIO.

"Y cwbl alla i WELD ydi ... SYRFFIO yn y bore, ac yna'r YSBYTY yn y pnawn," meddai Mam gan CHWERTHIN.

"Ella cei di SYRPRÉIS," meddai Dad wrthi.

(Dwi'n DAL wedi cael SYRPRÉIS bod Anest yn dod ar wyliau efo ni ... OCHENAID!)

Mae Mam a Dad yn parhau i bacio'r car a dwi'n GWASGU i mewn i fy SEDD GEFN ac yn CEISIO gwneud fy hun yn gyffyrddus.

Mae Delia yn ymddangos pan mae popeth wedi'i wneud. (RÊL HI.)

Mae hi'n PWYSO yn ôl ... a dydi hi ddim yn dweud GAIR. Felly dwi ddim chwaith.

(DDIM ETO beth bynnag.)

Ry'n ni bron yn barod i fynd pan mae Dad eisiau gwneud yn berffaith SIŴR bod y PLYGIAU i gyd wedi'u DIFFODD. Syniad da mae Mam yn cytuno ac mae'r ddau'n dychwelyd i'r tŷ.

Mae Delia yn OCHNEIDIO tra mod i'n paratoi fy snacs ar gyfer y daith. ← Tun snacs sbesial

Maen nhw'n dychwelyd cyn bo hir ac mae Mam yn cydio mewn bocs plastig arall.

"Diolch mod i heb anghofio HWN," meddai gan ei WASGU i le bach wrth ei thraed.

"Mae hynna'n GYMAINT o ryddhad," meddai Dad wrthi.

"Olreit, Ffranc ... awn ni, ia? Ydi popeth gennych chi?" gofynna Mam.

"Does DIM lle i ddim byd ARALL," meddai Delia.

"Fel Anest," mwmialaf ac mae Mam yn rhoi EDRYCHIAD i mi.

"Wyt ti wedi bod i'r tŷ bach? Oes gen ti HANCES BAPUR ar gyfer dy drwyn?" mae hi eisiau gwybod.

Dwi'n dweud "DO" ac "OES!" achos dwi'n IAWN.

Yna I FFWRDD â ni

$\mathcal{D}$im ond newydd yrru o gwmpas y gornel ...

ydyn ni, pan dwi'n gwneud fy SNIFF cynta.

Doeddwn i ddim hyd yn oed yn sylweddoli fy mod i'n sniffio, ond erbyn y TRYDYDD tro mae Delia yn dweud fy mod i'n AFIACH,

Mae Mam yn pasio PENTWR o hancesi papur i mi.

"PAID SNIFFIO!" meddai hi wrtha i.

(Mae hi'n anodd peidio RŴAN.)

Sniff
Sniff
Sniff

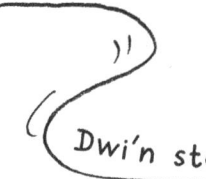

Sniff
Sniff

Dwi'n stopio sniffio yn y diwedd ..

Dydi **Anest** ddim yn byw yn bell ac mae Mam yn paratoi i ddod allan o'r car wrth i ni dynnu i fyny o flaen ei thŷ.

"I ble **TI'N** mynd?"

mae Delia eisiau gwybod.

"I ddweud helô sydyn wrth mam **Anest**"

"**P**AM? **Dim** plant ydyn ni!" Dydi Delia ddim yn hapus, ond mae hi'n rhy hwyr achos mae **Anest** a'i mam eisoes yn cerdded am y car.

Mae **Anest** yn edrych fel Delia (piwis), a DDIM mor gynhyrfus â hynny o gael dod gyda ni. OND all mam **Anest** ddim stopio GWENU a CHWIFIO'I LLAW.

"Mae hi'n beth mor BRAF eich bod chi'n mynd ag Anest ar wyliau!" meddai hi wrth Mam.

"Mae o'n bleser – ry'n ni'n HAPUS ei bod hi'n dod efo ni!"

(Dwi DDIM.)

Wrth i ni yrru ymaith, mae mam **Anest** yn dal i GODI LLAW a gweiddi.

HWYL! HWYL FAWR! CYMRWCH BWYLL! HWYL FAWR!

(Dydi **Anest** ddim yn dweud dim byd.)

Mae Dad yn dweud wrth **Anest** ei bod hi'n hyfryd ei chael hi efo ni. "Ydyn ni i gyd yn edrych ymlaen at wneud LLAWER o GERDDED a dringo mynyddoedd 'ta?"

"Paid â phoeni – tynnu coes mae o. Ti'n gweld beth dwi'n gorfod ei ddioddef?" meddai Delia wrth **Anest**. Yna mae hi'n estyn ei gliniadur ac mae'r ddwy'n cysylltu eu clustffonau iddo i wylio ffilm. Dim ond jyst gallu GWELD beth maen nhw'n ei wylio ydw i. Ond alla i ddim ei GLYWED. Felly dwi'n ⊰ *PWYSO YMLAEN* er mwyn cael golwg fanylach. Dwi'n mynd yn agosach ... ac yn AGOSACH... nes bod Delia yn sylwi ac yn symud y sgrin gyfan fel mod i'n methu gweld dim byd.

"Paid â bod yn boen, Twm," meddai hi wrtha i.

O wel. Mae gen i LWYTH o bethau eraill y galla i eu gwneud. Fel sortio fy SNACS,  ac yfed fy niod. (Dwi'n yfed y DDAU). Yna dwi'n estyn fy mhapurau gludiog ac yn PENDERFYNU beth i'w sgwennu

ar yr un nesa (sy'n cymryd sbel fach).
Yn y diwedd, dwi'n penderfynu ar HYN. ☆

Y cwbl sy'n rhaid i mi ei wneud rŵan ydi gweithio allan SUT i'w roi o ar ei CHEFN hi'n slei.

GOFAL
HOGAN BIWIS
CADWCH DRAW

(Llwyddiant.)

R y'n ni eisoes wedi dreifio heibio i ychydig o orsafoedd gwasanaeth pan mae Mam yn gofyn ...

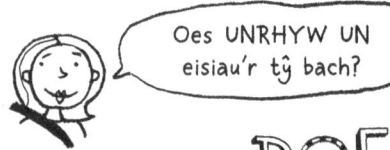

Oes UNRHYW UN eisiau'r tŷ bach?

DOES NEB eisiau.

Wel, dwi eisiau fymryn, ond dwi'n IAWN am RŴAN. Felly dwi ddim yn dweud dim.

Tua deng munud wedyn, dwi'n sylweddoli mod i

BRON Â MARW eisiau'r tŷ bach.

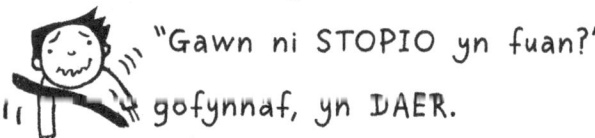

"Gawn ni STOPIO yn fuan?" gofynnaf, yn DAER.

"Pam wnest ti ddim dweud dim byd GYNNA?" meddai Dad.

"Bydd yn rhaid i ti DDAL nes i ni weld gorsaf ARALL. Ddylem ni ddim bod yn rhy HIR," mae Mam yn fy nghysuro.

(Gobeithio.)

Uɢᴀɪɴ Mᴜɴᴜᴅ ʏɴ Dᴅɪᴡᴇᴅᴅᴀʀᴀᴄʜ – RY'N NI'N

DAL i yrru!  (Dwi'n gwingo yn ofnadwy.)

Mae Delia'n penderfynu mai RŴAN ydi'r amser perffaith i

agor ei ⫼ PHOTEL ⫼ a chael diod. Mae hi'n dechrau

S̈ẄÏS̈ḧÏÖ y dŵr o gwmpas

fel y gallaf ei GLYWED.

Glyg

Glyg

Glyg

"Oes unrhyw un eisiau D̈ŴR̈?"

(Mae Delia yn gwybod yn UNION beth mae hi'n ei wneud.)

SLOSH Swish SLOsh))

"DYWEDWCH WRTH

DELIA AM STOPIO,"

meddaf fi, gan banicio ychydig bach.

"Faint sy cyn i ni gyrraedd?"

Mae Delia yn mynd yn ei blaen gan

ddweud, "Alla i ddim cael diod o DDŴR OER, BRAF?"

Gall Dad GLYWED y taerineb yn fy llais ac mae o'n

llwyddo i ffeindio garej. Ry'n ni'n parcio a dwi'n

CARLAMU i'r tŷ bach.

Cyn ➡

Wyneb hapus

WEDYN

(Sy'n RHYDDHAD.)

LLAM!

Mae pethau'n gwella ETO pan dwi'n gweld Delia yn cerdded o gwmpas gyda fy |mhapur| |gludiog| ar ei chefn ... ☺

NES i Anest ei weld Awww.

a'i dynnu ymaith.

Wrth i mi ddychwelyd i'r car, mae Delia yn DANGOS fy mhapur gludiog i Mam a Dad ac mae hi'n dweud wrtha i'n FLIN.

"Dim mwy o BAPURAU GLUDIOG ... NEu FYDDI DI'N DIFARu!"

Sy'n sialens SWYDDOGOL i mi ei wneud o ETO.

(LLWYDDIANT!)

Mae teithiau mewn car wastad yn gwneud i mi deimlo'n gysglyd. Felly mae rŵan yn teimlo fel amser da i gael CWSG BACH.

ssssssss   Dwi'n pendwmpian pan dwi'n clywed Delia yn sibrwd amdana I wrth Anest.

(Dwi'n parhau i wrando efo fy llygaid ar gau.)

Meddai hi, "Yr unig adeg dydi o DDIM yn boen ydi pan mae o'n cysgu. Os ydio'n dechrau mynd ar dy **NERFAU** di, jyst ANWYBYDDA FO, a wnaiff o DDIFLANNU yn y diwedd."

"Mae hi'n siarad amdana I fel mod i'n rhyw fath o **HAINT**. Felly dwi'n penderfynu dweud y GEIRIAU nad oes neb eisiau eu clywed ar daith mewn car ..."

"DWI'N TEIMLO'N SÂL..."

Yyyych.

Yna dwi'n eistedd yn ôl ac yn gwylio Delia yn panicio.

Mae **Anest** yn symud mor bell ac y gall hi oddi wrtha i.

"Er mwyn popeth, rho hwn i Twm – yn gyflym!"

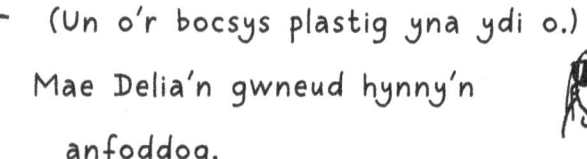

← (Un o'r bocsys plastig yna ydi o.)

Mae Delia'n gwneud hynny'n

anfoddog.

"A phaid â BWYTA dim mwy o SNACS," ychwanega.

Diolch i fy SGILIAU actio HYNOD WYCH,

mae Delia ac **Anest** yn cadw symud

yn ôl oddi wrtha i, BOB TRO dwi'n

TAGU ! neu GRIDDFAN ...

Dwi'n dal ati i wneud hyn am sbelan go lew.

Mae o'n creu difyrrwch mawr ... I MI.

143

Mae Mam yn cynnig y dylen ni chwarae gêm o BETH WELA I EFO FY LLYGAID BACH I.

"Ella gwnaiff o wneud i ti stopio meddwl am fod yn SÂL," ychwanega.

"IAWN," meddaf fi mewn llais ychydig yn wan. Dwi'n cael mynd yn gynta. (Yn rhyfedd iawn, dydi Delia ac Anest ddim yn ymuno yn y gêm.)

"Beth WELA I efo fy llygaid bach I, ond rhywbeth yn dechrau efo S."

Sbectol
Sandals

Sgarff??

Sgert?
Siaced??

Smotyn? Sbardun?
Saeth?

Sardîn? Sarff?
Sosej?

Mae Dad yn bod yn wirion rŵan, felly dwi'n gofyn ydyn nhw eisiau cliw?

"Gall yr S fod ym mhobman cyn bo hir."

"Tyrd yn dy flaen, dweud wrthyn ni."

Dwi'n rhoi rhyw dagiad bach ... ac yna'n dweud "Fi'n SÂL," gan chwifio'r bocs plastig o gwmpas, sy'n gwneud i Delia ac Anest symud yn ôl.

Ha! Ha!

Afiach...

Ry'n ni'n stopio chwarae BETH WELA I? achos fod Dad eisiau CADW LLYGAD am yr arwyddion i'r FILA GWYLIAU.

"Ai fi sy'n dychmygu neu ydi'r AWYR yn mynd yn **DYWYLLACH** ac yn fwy STORMUS?" meddai Mam, gan edrych I FYNY.

"Dychmygu wyt ti – mae yna HAUL yn fan'cw," meddai Dad yn hwyliog.

"Ond dydyn ni ddim yn mynd y ffordd yna," meddaf i.

"YN UNION," cytuna Mam.

"Dwi'n falch dy fod ti'n teimlo yn well, Twm," meddai Dad wrtha i.

Haul

Cwmwl

Yna mae o'n GWELD yr ARWYDD CYNTAF ac yn newid y pwnc.

SBÏWCH! DYNA FO! ➡

PARC PINWYDD

Dwi a Mam yn dweud `HWRÊ!` Mae Delia yn mwmial, "O'r diwedd." (Dydi **Anest** ddim yn dweud dim.) Mae Dad yn dilyn mwy o arwyddion ac yn mynd yn ei flaen.

"Mae yna LWYTH o GOED PINWYDD yma, does?" meddaf i, gan edrych drwy'r ffenest.

"Mae'r plentyn yn jîniys," meddai Delia o  dan ei gwynt.

"Caiff pawb DDIOLCH i mi am beidio mynd AR GOLL unwaith," meddai Dad wrthyn ni.

"Ti wedi gwneud JOBAN WYCH," cytuna Mam.

"Alla i ddim aros i weld y fila!" dywedaf.

Mae Dad yn stopio'r car yn ble mae o'n meddwl yw'r fan cywir.

"Dilynais yr ARWYDDION - felly mae'n rhaid mai dyma fo."

"Wyt ti'n SICR?" meddai Mam, achos dydi o ddim yn edrych yn debyg iawn i'r llun.

"Mae o'n edrych fel DYMP," cwyna Delia.
Mae Anest jyst yn SYLLU fel ei bod hi mewn PERLEWYG. Dwi'n meddwl bod hynny'n WÎYRD.

Gadwch i ni fynd i mewn - dwi'n siŵr bydd o'n LYFLI unwaith byddwn ni wedi setlo," meddai Dad, yn ceisio gwneud i bawb deimlo'n well.

"Dwi'n gobeithio," ochneidia Mam.
Ry'n ni'n casglu'n bagiau ac yn mynd tua'n "fila symudol".

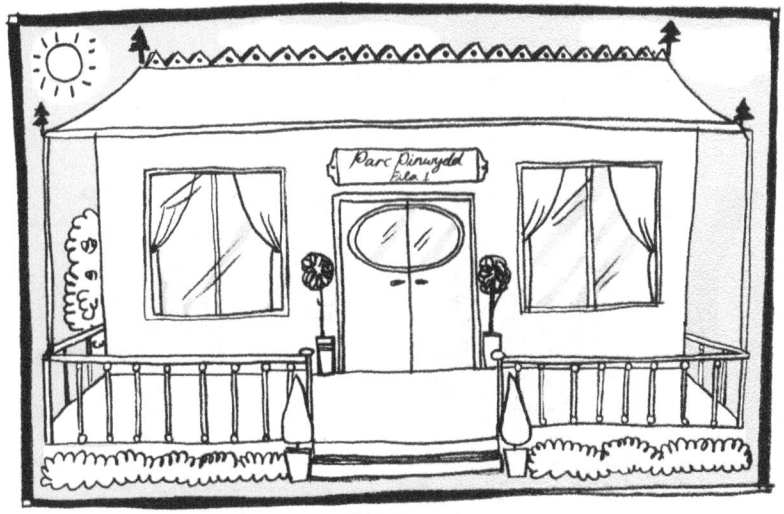

Fel hyn roedd o'n edrych yn y pamffled.

Dyma sut mae o'n edrych GO IAWN.

O leia dydi o ddim yn BABELL. A dwi'n cael fy stafell fy hun. Ry'n ni ar ein gwyliau ac yn cael hoe fach neis. Pa mor ddrwg allai pethau fod?

YNA DAETH
Y GLAW...

... a wnaeth hi ddim STOPIO am
Y RHAN FWYAF O'R GWYLIAU.

Roedd hwn i FOD yn gyfnod LLAWN HWYL.

Wnes i drio cadw fy hun yn brysur.

Yn y diwedd, wnes i gadw DYDDIADUR GWYLIAU.

Papur gludiog hynod o damp

FY NYDDIADUR GWYLIAU

(Mwynhewch ...) ⟹

← Papur
gwlyb

Beiro - yn barod i fynd ...

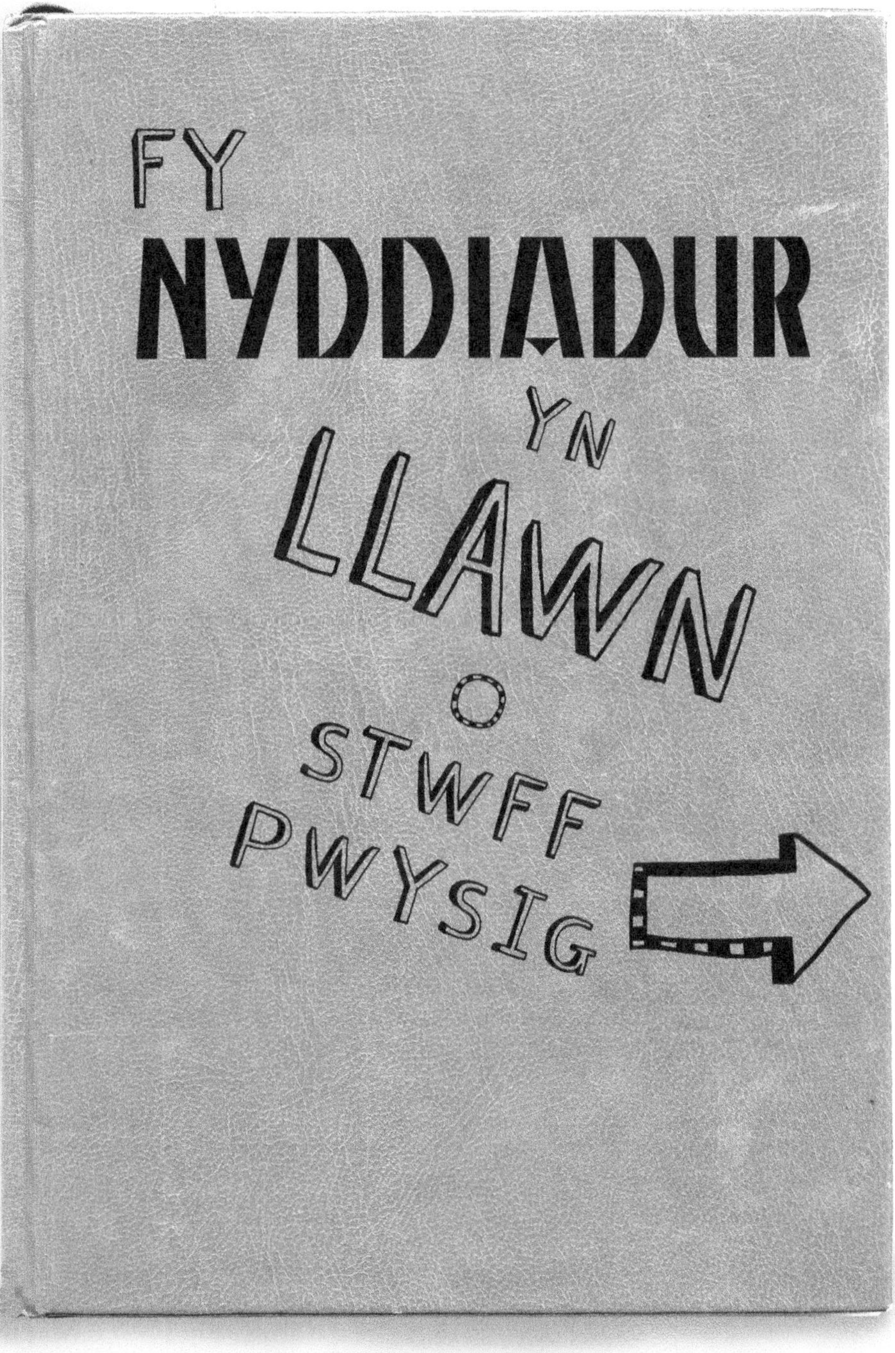

FY
NYDDIADUR
YN
LLAWN
O
STWFF
PWYSIG →

Patshyn tamp

DYDDIAD		DIWRNOD 1
Hwyliau	Tamp	**Fy nghynlluniau ar gyfer y diwrnod**
Tywydd	Tamp	Mwynhau.

Annwyl Ddyddiadur,

(Dyna rydych chi i fod i'w ddweud, yn ôl y sôn.)

Dwi ar fy ngwyliau a dydi pethau ddim yn mynd

yn rhy dda hyd yma. Ar y MITAR GWYLIAU, mae

pethau'n hofran o gwmpas y rhan "bach yn RYBISH".

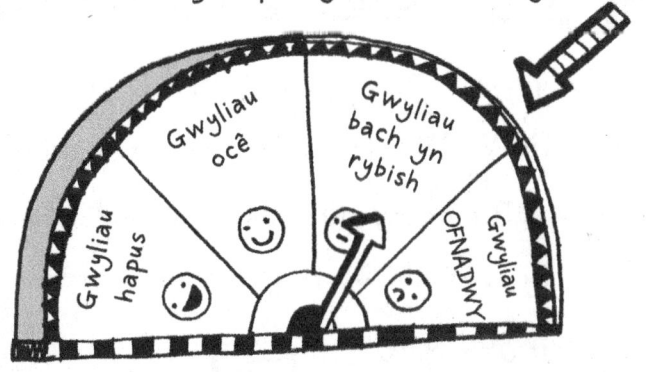

Mae yna ⌊LAWER⌋ o resymau am hyn, ond mae

o'n BENNAF oherwydd ...

Rôl drwm ...

GLAW, gwynt,

MWY O LAW a mwy o wynt,

Cwyno Delia, Cwyno Cwyno Anest (jyst yn bod yma),

MAM➡ DDIM yn pacio LLWYTH o fy stwff yn fy mag gwyliau! ☹

Heddiw ydi ein DIWRNOD CYNTAF yn aros yn PARC PINWYDD. Fel arfer, faswn i ddim yn sgwennu DIM ar fy ngwyliau (heblaw bod Mam a Dad yn fy NGORFODI i sgwennu CARDIAU POST - allai ddigwydd o hyd).

Ond wnaeth Mam roi'r DYDDIADUR yma i mi ychydig wythnosau yn ôl a dweud falle y byddai o'n HWYL i'w wneud tra oedden ni i ffwrdd. Dywedais i, "Hmmmmmm, ELLA."

(Sydd yn GOLYGU ...

DIM FFIARS

O BERYG!)

Achos PWY sydd eisiau sgwennu DYDDIADUR
pan maen nhw ar eu gwyliau?

DIM Y FI – mae hynny'n bendant.
Ro'n i'n mynd i fod yn LLAWER rhy BRYSUR yn
mwynhau fy hun ac yn gwneud LLWYTH
o bethau difyr eraill.

NEU dyna BETH ro'n i'n FEDDWL.

Daeth Mam â fo efo hi beth bynnag, felly dyma
lle rydw i yn sgwennu AC (ER DYCHRYN)
dwi'n eithaf mwynhau. Baswn i wedi medru
llenwi'r LLYFR cyfan yn barod.

Ha! Ha!

I DDECHRAU, roedd Mam a Dad yn BLES mod i'n NODI POPETH oedd yn digwydd. Ond yna dechreuodd pethau fynd O CHWITH. "Wnaiff dy athrawon weld hwn?" gofynnodd Mam. Dyma fi'n dweud "Na," ond wnaeth hynny ddim fy STOPIO rhag teimlo fel mod i'n OHEBYDD PAPUR NEWYDD oedd yn adrodd y STRAEON DIWEDDARAF. (Roedd cymaint ohonynt.)

NEWYDDION PARC PINWYDD

GLAW

YN DIFETHA GWYLIAU TEULU

Eu hoff fab, Twm Clwyd, gyda'i ddyddiadur

Cafodd Mr & Mrs Clwyd SGYTWAD pan sylweddolon nhw bod eu fila yn Parc Pinwydd yn DWLL O LE. "Dwi'n teimlo fel ffŵl am ddod yma," meddai Mr Clwyd. "Mae'r to yn gollwng – a dydi'r glaw ddim wedi helpu'r sefyllfa," dywedodd Mrs Clwyd.

Mae eu mab, Twm, wedi bod yn cadw DYDDIADUR o'r CWBL. Mae o'n hynod GLYFAR.

NEWYDDION
PARC PINWYDD

Mae **rhai** o dudalennau fy nyddiadur fymryn yn wlyb a thamp. (Digwyddodd hynny fel roedden ni'n gyrru tua'r 'FILA'.)

Roedd Dad yn cadw dweud, "**R**HAID BOD camgymeriad. Dydi'r lle 'ma'n DDIM BYD TEBYG i'r LLUN."

Edrychai Mam ~~fymryn~~ YN HYNOD syn.

Distawrwydd Prin gallai hi siarad.

Ddywedodd Delia nac **Anest** fawr o ddim byd chwaith.

"Dwi'n SIŴR bydd o'n LLAWER BRAFIACH y tu mewn," meddai Dad wrthyn ni.

"Gobeithio," ochneidiodd Mam, gan roi ei bag llaw ar ei phen a *GWIBIO* drwy'r glaw a ninnau wrth ei chwt. (Arhosodd Delia ac **Anest** yn y car.) Tynnodd yr allwedd allan ond doedd hi ddim yn gallu agor y drws. Ceisiodd ei throi wrth i ni wlychu'n sopen.

Fy nyddiadur

(161)

Ceisiodd Dad droi'r allwedd ond
allai o ddim agor y drws chwaith.
Yna gwelodd ffenest fach ac
EDRYCHODD ARNA i
fel petai wedi cael syniad.

"Gallai Twm agor y drws o'r tu mewn," dywedodd
gan BWYNTIO at y ffenest agored. Doedd Mam
ddim mor siŵr ei fod o'n syniad da, felly wnes i eu
hatgoffa fod gen i "SGILIAU NINJA neidio a glanio
HYNOD WYCH. Fydda i'n IAWN."

Gofynnodd Mam, "FYDD O'N SAFF?"

Gwaeddodd Delia o'r car,

BE YDI'R OTSH? Jyst gadwch iddo fo'i wneud o! PLIS ...

 Felly cododd Dad fi a dringais i mewn
yn araf. (Roedd o'n reit hawdd.)
Agorais y drws ac am ychydig bach – ROEDD
PAWB YN HAPUS ...

OND WNAETH hynny ddim para'n **HIR** ...

Roedd Dad yn meddwl bod y 'fila' yn edrych yr un mor druenus y tu mewn ag oedd o'r tu allan.

"Alla I ddim credu ein bod ni wedi DOD YR HOLL FFORDD JYST I FOD YN FAN HYN," meddai Delia, gan fod o gymorth mawr fel arfer. Ddywedodd **Anest** ddim byd. Doeddwn i ddim yn meddwl ei fod o gynddrwg â *HYNNY*.

"Pam nag ewch chi â'ch bagiau a mynd i chwilio am eich stafelloedd?" meddai Mam, gan geisio bod yn bositif. Oedd yn swnio'n syniad da. Diflannodd Delia ac **Anest** yn gyflym a BACHU'R stafell **ORAU** yn y 'fila'.

"Fan'cw wyt ti," meddai, gan bwyntio at rywbeth yr un maint â chwpwrdd.

Roedd y drws yn HYNOD fach, fel y gofod tu mewn, pan agorais i o.

Ond doedd dim ots gen i. O leia doeddwn i ddim yn rhannu. Gallwn glywed Mam a Dad y tu allan yn siarad, wrth iddyn nhw sylweddoli fod Delia ac **Anest** yn eu stafell NHW.

"Os gofynnwn ni iddyn nhw symud RŴAN bydd Delia yn BIWIS am y gwyliau CYFAN. Ydi o werth hynny?"

"NADI beryg. Beth am gael gwyliau HEB DDADL, IA?"

"Byw mewn GOBAITH," ochneidiodd Dad.

"Gewch chi FY STAFELL I!" gwaeddais.

Edrychodd Mam i mewn a dweud ei fod o'n "hynod gysurus" ac yn berffaith i mi. (Dwi'n dyfalu bod "CYSURUS" yn golygu pitw.)

"Ry'n ni'n mynd i gael amser GWYCH, dwi'n addo," ychwanegodd gan roi cwtsh i mi cyn BWRW ei phen yn y nenfwd.

(164)

Mae Mam yn aml yn dweud UN peth ond yn golygu rhywbeth arall. Dyma rai o'i HOFF DDYWEDIADAU HI. :

Mam YN DWEUD	Mam YN GOLYGU
FEDDYLIA i am y peth.	Dim gobaith.
Dim mwy o deledu – amser gwely.	Dwi eisiau gwylio fy rhaglenni I rŵan.
Mae hwnna'n edrych yn ddifyr.	Wn i ddim beth ti'n wneud.
Gorffen dy lysiau.	DIM pwdin nes i ti fwyta popeth.
Mae Yncl Cefin yn dod draw.	O NA! Mae Yncl Cefin yn dod draw.

Dyma OFOD ar gyfer gwneud RHESTR arall:

_ _ _ _ _ _ _ _ _YN DWEUD | _ _ _ _ _ _ _ YN GOLYGU

Annwyl Ddyddiadur,

(Mae hi'n nos, rhag ofn eich bod yn meddwl PAM fod fy sgwennu fymryn yn sigledig.) Dwi'n gwneud hyn gyda FFLACHLAMP o dan fy nillad gwely. Dwi'n methu rhoi'r golau ymlaen achos wnaeth y letrig DDIFFODD pan oedd Dad yn ceisio coginio swper. Aethon ni i gyd i'r gwely yn gynnar wedi hynny – efo brechdan.

Yr eiliad hon, wnaeth DELIA fy NEFFRO a gallaf ei chlywed yn CWYNO wrth Mam a Dad ... am **Anest.**

Mae hi'n dweud y peth mwyaf DONIOL ERIOED wrthyn nhw. Roedd yn rhaid i mi ei sgwennu. Felly gwrandewch ar hyn ... mae **Anest**, sydd heb ddweud bw na be wrth neb drwy gydol y daith yma, na'r rhan fwyaf o'r gyda'r nos, yn ...

SIARAD YN EI CHWSG!

"Mae hi'n cael sgyrsiau CYFAN a
wnaiff hi ddim STOPIO.
    Be wna i?"

Mae Mam a Dad wedi awgrymu ei bod
hi'n cysgu yn y lolfa achos gallaf ei CHLYWED
yn llusgo blancedi draw at y soffa. (Ys gwn i
am beth mae **Anest** wedi bod yn siarad?)

Ha! Ha!

Byddai hynny yn
mynd ar ei nerfau
GO IAWN.

Y peth ydi, Delia,
dwi'n meddwl fod dy
frawd Twm yn glyfar
ofnadwy.

Dyddiad	DIWRNOD 2	
Tywydd	Glaw (ond llai)	**Fy nghynlluniau ar gyfer y dydd**
Hwyliau	Wedi blino 	Mwy o gwsg. Darganfod beth mae Anest yn ei drafod yn ei chwsg.

Annwyl Ddyddiadur,

Dwi wedi blino mymryn y bore yma (diolch

i **Anest** a Delia). Wedi i mi ddadbacio fy

mag, dwi hefyd wedi darganfod nad ydi Mam

wedi dod â DIM BYD ro'n i ei eisiau. Dim

gitâr, dim o fy nghasgliad o gerrig od, ac

yn WAETH BYTH, dim un o fy

meiros neis, A dim ond UN pâr o DRÔNS. Sut

digwyddodd hynny ar ôl i Mam gadw fy atgoffa

I? Ella eu bod nhw mewn bag arall. Bydd yn

rhaid i mi holi.

(Grêt.)

169

Roedd pawb yn edrych fymryn yn flinedig (heblaw am **Anest**). Wnes i sôn am sefyllfa'r TRÔNS wrth Mam yn dawel. Meddai hi, "Sori Twm, wn i ddim sut digwyddodd hynna."

(Wn i! Wnaeth hi EU HANGHOFIO.)

Gofynnodd Mam i **Anest** a wnaeth hi gysgu'n IAWN ac meddai hi,

 DO, fel petai dim byd wedi digwydd.

Felly dyma fi'n dweud, "**Anest**, ydi o'n wir dy fod ti'n siarad yn dy gwsg?"

NADI, meddai hi, fel petawn i wedi gofyn y cwestiwn MWYAF DWL ERIOED. "Ond dywedodd Delia ...", Dyma fi'n dechrau dweud pan wnaeth Delia roi PWNIAD i mi a sibrwd.

"Shhhh! Dydi hi ddim yn GWYBOD ei bod hi'n ei gwneud!"

Shhhh!

Beth?

Rhoddodd Mam EDRYCHIAD i mi hefyd.

Felly wnes i GAU FY NGHEG.

Roedd Dad eisiau rhannu ei GYNLLUNIAU am y diwrnod efo ni.

"Gwrandewch, bawb, ella nad ydi'r FILA yma'n berffaith, ond RY'N ni ar ein GWYLIAU, felly GADEWCH i ni wneud y mwyaf ohono a MYND i ANTURIO o gwmpas yr ardal." Wnaeth hyn ddim argraff ar Delia (yn enwedig wedi iddi dreulio'r noson ar y soffa).

"ANTURIO? Ddywedaist ti ein bod ni ar ein gwyliau – beth ddigwyddodd i YMLACIO? AC mae hi'n DAL i fwrw." Oedd yn wir.

Awgrymodd Mam y dylem ni yrru i'r DREF agosaf er mwyn edrych o gwmpas.

"Dydyn ni ddim yn mynd i SIOPA, ydyn ni?" gofynnais, gan ei bod hi'n swnio felly.

"Does dim rhaid i ni, ond gallen ni brynu mwy o DRÔNS i ti."

Gwych.

Roedd Mam yn siarad am 'y nhrôns eto, a hynny o flaen **Anest** a Delia – wnaeth ddweud fod hynny'n 'afiach'.

Yna dywedodd Mam wrthym, "Mae eich tad yn IAWN – dylen ni wneud y mwyaf o'n hamser yma, gyda'n gilydd. HYD YN OED os ydi'r fila yma fymryn yn siabi, a bod dim byd yn gweithio yma, a bod y golau yn mynd a dod, ac os ydi'r stafelloedd yn fach – heblaw am eich stafell chi, Delia ac **Anest**. O leiaf mae hi'n edrych fel bod y GLAW yn pallu o'r diwedd."

Yr eiliad dywedodd hi hynny, dechreuodd nenfwd y gegin OLLWNG. Wnes i helpu i roi'r bocsys plastig o dan y diferion. "Diolch byth mod i wedi dod â chymaint ohonyn nhw," ochneidiodd Mam.

Dywedodd Dad, "Digon yw digon – gadewch i ni weld os gallwn ni GYFNEWID 'filas'." Cododd hyn galon Mam. Diflannodd Delia ac **Anest** yn ôl i'w "stafell nhw", ceisiodd Mam gadw'r dŵr o dan reolaeth, tra bu Dad yn cerdded o gwmpas yn ceisio cael signal ffôn.

Wnes i gadw fy hun yn brysur drwy:

Sgwennu stwff yn fy NYDDIADUR. (fel hyn.)

Gwylio'r GLAW. Tynnu llun y GLAW.

Wnes i hyd yn oed sgwennu cerdd am LAW mewn siâp DIFERYN.

Mae'n BWRW,
mae'n dymchwel,
Mae'n dywydd
ANWADAL.
Os na wnaiff hi
SYCHU,
Mi fyddaf yn
GWLYCHU.

Dyma'r olygfa allan o fy ffenest.

Tynnwch lun golygfa BRAFIACH yma!!

Bocs plastig Mam →

NESAF ↓

Wnes i ffeindio poteli dŵr GWAG a chefais gêm o Sgitls Poteli DŴR i ladd amser.

Sut i wneud a chwarae SGITLS gyda photeli plastig (Da ar gyfer diwrnod glawog)

Dewch o hyd i boteli plastig gwag tua'r un maint. Gwnewch yn sicr bod y topiau'n FFITIO yn dda (gofynnwch am help oedolyn os bydd rhaid).

Yna llenwch nhw efo digon o ddŵr fel eu bod nhw'n GADARN, ond ddim yn rhy anodd i'w bwrw i lawr.

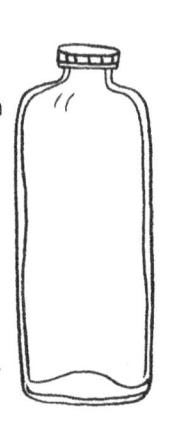
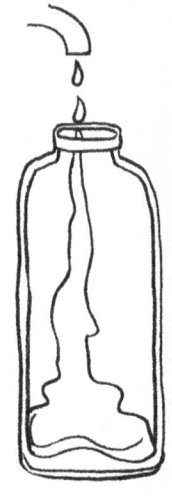

Gallwch ddefnyddio PAPURAU GLUDIOG neu bapur a thâp selo i roi RHIFAU ar y poteli.

Dyma'r PWYNTIAU rydych hi'n SGORIO wrth fwrw'r poteli i lawr.

Defnyddiwch ddarn o FFOIL wedi'i wasgu'n belen - neu rywbeth meddal os ydych chi'n chwarae y tu mewn.

 Gallwch ddefnyddio rhai poteli gwag er mwyn eu gwneud hi'n haws i'w bwrw i lawr.
Penderfynwch pa mor bell i sefyll a gosod MARCIWR o ryw fath, fel bod pawb yn sefyll yr un pellter i ffwrdd wrth chwarae.

Yna CHWARAEWCH!

Iei!

Os bwriwch chi'r holl boteli i lawr yna ry'ch chi'n cael

ERGYD

sy'n arbennig o wych.

Annwyl Ddyddiadur,

Dyma FAGIAU BIN (wedi'u rholio). ──→

Fel arfer mae pobl yn rhoi SBWRIEL

mewn bagiau bin,

FEL HYN.

OND, gan nad oes gen i

gôt law (nag UNRHYW gôt), penderfynodd Mam

y byddai'n syniad DA gwneud clogyn GLAW i mi

o FAG BIN.

"Wnaiff o dy gadw di'n sych pan awn ni

allan," meddai hi.   "Dim diolch! Byddai'n well

gen i WLYCHU na gwisgo BAG BIN,"

meddaf fi wrthi.

"Ella bydd rhaid i ni gerdded pan mae hi'n

TYWALLT y glaw – fyddi di'n SOCIAN!"

(Doeddwn i'n dal heb fy argyhoeddi.)

"WELITH neb chdi ..." meddai Mam wrtha i.

"GWNAWN – BAG BIN ydi o, ddim

CLOGYN ANWELEDIG!" (Biti na fyddai o.)

"Wnaiff neb ti'n ei ADNABOD dy weld ti. A fydd o ddim am hir. Ry'n ni angen mynd i'r dref i brynu TRÔNS i ti."

(Wnaeth Mam ddweud trôns ETO.)
Yna ychwanegodd ... "A TRÎT neis."

Felly wnes i ei wisgo.
"Dyna ni, dim yn ddrwg, nag ydi?" dywedodd Mam wrth iddi addasu'r cwfl.

"PAM fod Twm yn gwisgo BAG BIN?" gofynnodd Delia. (Mae hi WASTAD yn ymddangos ar yr amser ANGHYWIR.)

Wnaeth Anest jyst SYLLU arna i.
"CLOGYN GLAW ydi o," meddaf fi wrthi.
"BAG BIN ydi o," meddai Delia eto.

"Dydi hi ddim yn amlwg mai bag bin ydi o," ceisiodd Mam ein hargyhoeddi.

"Ymmm ... YDI," meddai Delia, gan gilwenu.
"Does dim ots gen i achos dwi'n cael TRÎT," dywedais i, fel bod hynny'n gwneud gwahaniaeth.
"Dwi'n gobeithio bod dy drît di'n well na dy FAG BIN," CHWARDDODD Delia.

Ro'n i ar fin tynnu'r ~~bag bin~~ – clogyn GLAW pan ruthrodd Dad i'r 'fila' a dweud nad oedden ni'n mynd i UNMAN.

Mae'r car wedi SUDDO i bwll MAWR o ddŵr.

Mae o'n SOWND. Rita, gei di ddreifio a wnawn NI roi GWTHIAD da iddo."

"Dydyn ni ddim yn sefyll yn y GLAW yn GWLYCHU," cwynodd Delia.

"Gwnewch GLOGYN GLAW 'ta," awgrymais.

"Ac edrych yn wirion bost? Dim diolch."

"Tyrd yn dy flaen Delia, rhaid i BAWB helpu. Os wyt ti am i ni fynd ALLAN, rhaid i ni helpu i symud y car yma," dywedodd Dad.

Rhoddodd Delia ac Anest eu siacedi ymlaen yn gyndyn a'n dilyn ni allan at y car (yn y glaw).

"Ydych chi'n galw hwn yn wyliau ..." mwmialodd.

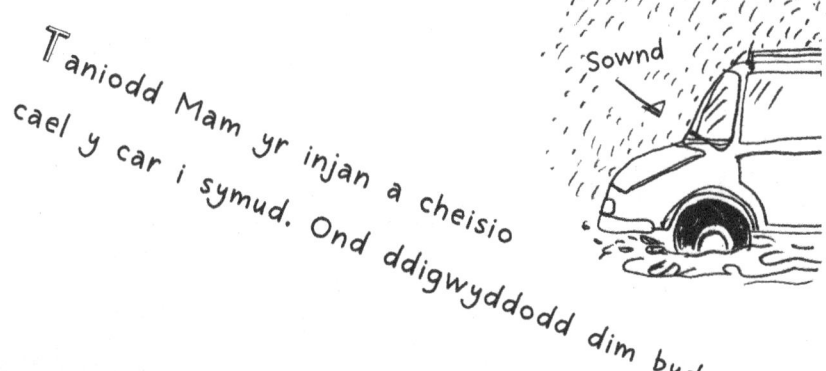
Sownd

Taniodd Mam yr injan a cheisio cael y car i symud. Ond ddigwyddodd dim byd.

Felly wnaethon ni sefyll yng nghefn y car a dywedodd Dad, "IAWN, ar ôl TRI wnawn ni i gyd wthio. BAROD? UN ... DAU ... TRI...

GWTHIWCH!"

Wrth i ni wthio, wnaeth Mam WIRIONEDDOL REFIO yr injan.
Trodd yr olwynion
o gwmpas ...

DIPYN.

Roedd y car yn dal yn SOWND, ond o leia llwyddais i I OSGOI y rhan fwyaf o'r mwd. (Diolch i 'nghlogyn glaw – a Dad.)

"HWN YDI'R GWYLIAU GWAETHAF ERIOED!" meddai Delia yn ddramatig. Cytunodd **Anest**. Dwi'n meddwl.
   (Roedd hi'n anodd dweud o dan yr holl fwd yna.)

"**D**wi ddim yn edrych mor wirion R**Ŵ**AN!"

Allwn ni ddim peidio dweud
hynny wrth iddyn nhw
fynd yn ôl i'r fila,
yn gollwng dafnau
o fwd ar hyd
y ffordd.

Doedd y car,
fwy na ninnau, ddim yn mynd i unlle.

 "Dwi'n meddwl bydd yn rhaid i mi fynd i
chwilio am HELP," meddai Dad.

"**S**yniad da, ond ella dylet ti newid o'r
dillad mwdlyd yna gynta?" atebodd Mam, wrth
iddi gael gwared â'r glaw o'r bocsys plastig.

"**Y**n amlwg!" meddai Dad.

(Ro'n i jyst yn gorfod tynnu fy nghlogyn
glaw.)

Glân

Roedd hi'n amlwg y bydden ni yma am sbel, a diolch i bacio <u>gwael</u> Mam (yn PEIDIO dod â DIM o fy STWFF i 😔), dyma fi'n meddwl baswn i'n cael sbec i weld beth arall oedd yn y fila.

Roedd yna gwpwrdd ar waelod y ddresal a'r tu mewn iddo wnes i ddarganfod tipyn o bethau difyr.

Pecyn o gardiau (gyda rhai ar goll).

Bocs o gemau bwrdd (gyda dim ond nadroedd ac ysgolion, un dis a <u>dim</u> cownteri).

Hen delesgop a map o'r SÊR

(sêr yn yr awyr – dim selebs).

Ychydig o lyfrau gan rywun o'r enw Islwyn Ffowc Elis.

A dau set o ALLWEDDI wnes i eu rhoi i Mam. Roedd hi'n hapus ofnadwy achos roedd y DDAU set yn agor y drws ffrynt (yn wahanol i'r rhai oedd gennym ni). 🙂

Dangosais i weddill y stwff ro'n i wedi'i ffeindio a gofynnodd Mam oeddwn i eisiau chwarae gêm, oedd yn **WYCH**.

"Dyna'r peth da am y gwyliau," meddai Mam wrth iddi dynnu gwahanol ddarnau o arian o'i phwrs. "Mae yna LAWER mwy o amser i wneud pethau fel HYN."

Rhoddodd y darnau arian ar y bwrdd i'w defnyddio fel cownteri.

Fi oedd y BUNT a hi oedd y geiniog. Roedden ni ar fin taflu'r dis pan glywson ni Dad yn **GWICHIAN** o'r gawod.

Does DIM dŵr poeth AR ÔL!

CHWARDDODD Mam a dweud wrtho ei fod o'n ymarfer da ar gyfer syrffio yn y môr oer! Wnes i ENNILL dwy o'r tair gêm o nadroedd ac ysgolion.

A wedi hynny wnaeth Mam estyn ffoil a dangos i mi ...

. . . sut i wneud PRY COPYN FFOIL (Gwych!)

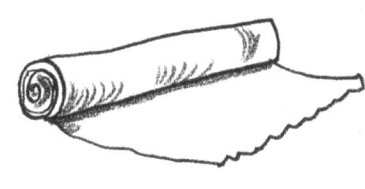

Cymrwch rôl o FFOIL a thorri tri stribyn oddi arno. Byddwch yn ofalus a gofyn am help oedolyn os ydych chi'n defnyddio siswrn.

Plygwch un darn drosodd a throsodd i wneud coes denau ond TRWCHUS.

Gallwch eu GWASGU wrth i chi fynd yn eich blaen, i'w gwneud nhw'n fwy crwn.

FEL HYN
↓

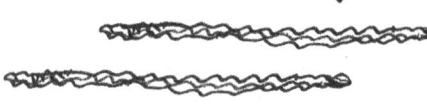

Yna gwnewch yr un fath gyda'r goes ARALL.

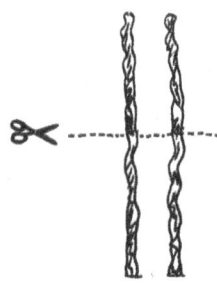

Pan mae gennych chi ddwy goes drws nesa i'w gilydd, torrwch nhw yn y canol, fel bod gennych chi BEDAIR coes o'r un hyd.

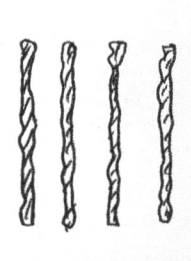

Rhowch y coesau ar ben ei gilydd mewn rhyw fath o SIÂP SEREN. Yna cydiwch ynddyn nhw yn y canol a THROELLI'R coesau gyda'i gilydd fymryn bach. Mae hyn yn ei gwneud hi'n haws i wneud corff y pry cop.

Unwaith rydych chi wedi gwneud y coesau, defnyddiwch y darn arall o ffoil i'w LAPIO o gwmpas canol y coesau i wneud corff.

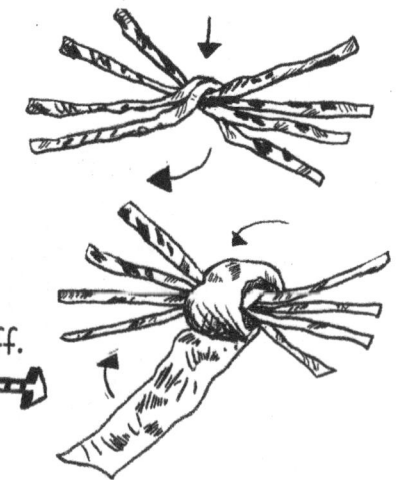

PARHEWCH i ychwanegu darnau o ffoil a'u GWTHIO i lawr yr ochrau i wneud SIÂP PRY COP, nes ei fod o'r maint rydych chi ei eisiau. Yna plygwch y coesau i fyny i SIÂP PRY COP.

Fel hyn

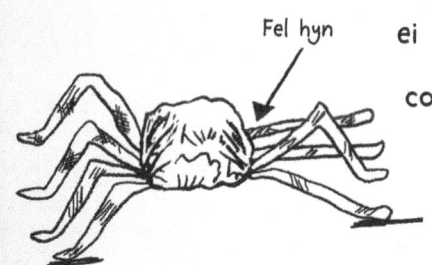

Gallwch beintio eich pry cop i gyd – NEU jyst peintio LLYGAID arno.

Pry cop

Mae hi'n anhygoel beth allwch chi ei wneud i ddiddanu eich hun, pan rydych chi'n sownd yn y tŷ am oes pys ...

Dyddiad	DIWRNOD 3	
Tywydd	Cymylog. Dal i fwrw	Fy nghynlluniau am y diwrnod
Hwyliau	Gobeithiol	TRAETH os wnaiff hi stopio bwrw (dydi hi heb). ☺

Annwyl Ddyddiadur,

HWN oedd y peth CYNTAF welais i pan es i i'r stafell ymolchi bore yma.

FY NHRÔNS

yn hongian dros bolyn y gawod.
Roedden nhw wedi cael eu GOLCHI, a byddai hyn yn iawn – PETAEN nhw'n SYCH.

(Doedden nhw ddim.)

A gan mai dyma fy UNIG rai, roedd yn rhaid i mi wisgo trôns TAMP...

... Oedd yn anghyffyrddus i ddechrau, nes iddyn nhw gynhesu.

Treuliodd Delia y noson ar y soffa (eto), diolch i **ANEST** yn SIARAD YN EI CHWSG.

Er syndod, doedd hi ddim yn swnio yn rhy biwis am y peth (yn wahanol i ddoe).

Dwi'n meddwl bod Delia fel hyn gan ei bod hi ac **ANEST** wedi mynd i GLWB PARC PINWYDD neithiwr.

Wnaethon nhw ffeindio map oedd yn dangos ble roedd o a dweud wrth Mam a Dad,

"Ry'n ni'n mynd i chwilio am ychydig o **FYWYD** ..."

Dywedais i, "Ddo' i gyda chi."

Achos roedd CLWB yn swnio'n hwyl.

"Dwi ddim yn meddwl – dim ar ôl dy dric pry cop di."

(O leiaf weithiodd hwnnw.)

Meddai Mam, "Ymunwn ni i gyd efo chi nes ymlaen, Delia."

Roedd Delia yn edrych fel ei bod wedi GWIRIONI gyda'r NEWYDDION YNA.

(Edrychai **ANEST** yr un fath.)

O'R DIWEDD, cafodd Dad signal ffôn a siaradodd gyda pherchnogion y fila, oedd wedi synnu nad oedden ni'n hapus. Dywedon nhw wrth Dad mai dyma un o'i filas GORAU.

"Byddai'n gas gen i weld y gweddill!" dywedodd Mam.

Am ryddhad!

Dywedodd Dad wrthym eu bod wedi cytuno y gallem ni gyfnewid, sy'n newyddion da.

Roedd Delia ac **Anest** yn disgwyl i fynd allan, felly gwnaeth Mam iddyn nhw ADDO:

☆ BOD YN gall.

☆ BOD yn boleit. ← Anodd

☆ Mynd ag allwedd sbâr.

☆ Mynd â'r bagiau bin sbâr rhag ofn iddi fwrw.
                                                    (Eto.)

Stwffiodd Delia rai i'w bag yn anfoddog – cyn gofyn am arian hefyd.

CHWIFIAIS hwyl fawr ...

HWYL

a wnaethon nhw fy anwybyddu.

Hanner awr yn ddiweddarach, wnaethon

ni adael i ymuno gyda nhw. Ro'n i ar lwgu

ac yn edrych ymlaen at weld CLWB Parc Pinwydd🌲

drosof fy hun.

Dreigiau stumog

(DYNA oedd y CYNLLUN, ond wnaeth pethau

ddim cweit gweithio allan fel yna, fel arfer.)

"Ydyn ni ar goll?" gofynnais, wedi i ni

fynd rownd mewn CYLCH am y TRYDYDD

tro.

"All o ddim bod yn *RHY* bell – mae Delia wastad yn

dweud nad ydi hi'n hoffi cerdded," meddai Dad wrthym.

Gallwn AROGLI BWYD,

oedd yn fy ngwneud i'n hynod o lwglyd.

"Gyrhaeddwn ni yna'n y diwedd," meddai Mam.

"Rhaid bod y CLWB fan hyn yn rhywle."

Wedi tua UGAIN munud arall dechreuodd fwrw'n

DRWM.

"DYNA NI, dwi'n rhoi'r ffidl yn y to,"

meddai Dad. Felly aethon ni i gyd yn ôl i'r fila.

Bagiau bin

"Beth ddigwyddodd i chi 'ta?" gofynnodd Delia pan ddaethon nhw adref o'r diwedd.

"Aeth Dad ar goll," meddaf fi wrthynt.

"Roedd o'n lle ANODD ei FFEINDIO!" protestiodd yntau.

"BLE OEDDECH CHI?"

"Yn y CLWB, fel dywedon ni."

(Oedd yn fawr o help.)

🌲 FELLY HENO ry'n ni'n mynd i'r clwb gyda Delia, **Anest** ac yn BWYSICACH NA DIM – ➡️ Y MAP. 📇 Mae'r glaw bron â pheidio a'r NEWYDDION DA ydi bod y PWLL MWD o gwmpas y car bron â diflannu hefyd. Mae Dad yn meddwl gallwn ni gael gafael ar y car a hyd yn oed... fynd am dro i'r TRAETH.

Iei! Y TRAETH!

meddaf i gan neidio i fyny ac
i lawr. Doedd Delia ddim eisiau dod gyda ni, oedd yn
OD. PWY sydd ddim yn hoffi'r TRAETH?
Mae o'n fwy o hwyl nag aros yn y fila.

"Ydych chi'ch dwy yn sicr? Ry'n ni'n cael
picnic," meddai Mam, fel bod HYNNY am wneud
gwahaniaeth.

"Mae hi jyst yn mynd i FWRW eto.
A BETH BYNNAG, ry'n ni eisiau mynd i'r CLWB.
Os gallwn ni gael mwy o ... arian?" ychwanegodd.
(Ro'n i'n gorfod edmygu'r ffordd wnaeth Delia
ddweud hynna yn slei.)

Gwnaeth Dad ein hatgoffa ein bod ni'n cyfnewid
fila am un BRAFIACH pnawn yma. "Heb yr un
NENFWD yn gollwng, gobeithio," meddai wrth i
DDIFERYN MAWR o ddŵr ddisgyn ar fy mhen.

Hyh?

Y peth GORAU am Delia ac **Anest** ddim yn dod i'r traeth efo ni oedd cael fy HEN sedd yn ôl.

Cyn i Dad roi'r bocs picnic yn y gist, meddai Mam, "Gadewch i ni wneud yn sicr fod y car ddim dal yn SOWND, ia?" Oedd yn swnio fel syniad da. Jyst rhag ofn, wnaeth Dad a minnau sefyll mewn man diogel oedd yn DDIGON PELL O'R MWD. (Fe weithiodd).

Wnaethon ni neidio i mewn i'r car a dilyn yr arwyddion i'r traeth, oedd yn HAWDD i'w ffeindio a DDIM yn rhy bell. Roedd y traeth yn edrych yn hyfryd – nes i ni ddod allan o'r car ...

"O leiaf mae o'n WYNT CYNNES ..." dywedodd Dad. (Doedd o ddim mor gynnes â hynny.)

Roedd yna rai pobol yn syrffio yn y môr yn barod. Wnaethon ni frwydro drwy'r gwynt a ffeindio lle bach neis i eistedd. Roedd tywod yn cadw chwythu i fy WYNEB, felly wnes i wisgo gogls, tra bod Mam yn rhoi cerrig ar y tyweli i'w dal nhw i lawr. "Gwylia sut ti'n eistedd arnyn nhw," meddai hi wrtha i.

Ceisiodd Dad newid, sydd wastad yn anodd ar DRAETH GWYNTOG.

"Tyrd Twm – FFWRDD Â NI!" meddai yn frwdfrydig.

"Byddwch yn ofalus, iawn?" dywedodd Mam.

"Paid â phoeni – dwi'n syrffiwr naturiol," chwarddodd Dad.

Ac ymaith â ni ...

Dad

CYN

Dad

WEDYN

Wnaeth o bara tua DAU funud cyn iddo golli ei falans a chael ei FWRW drosodd gan don. Gwnaeth rhyw blant helpu i'w godi a chadw gafael ar ei fwrdd syrffio.

"Ella mod i angen siwt wlyb?" meddai Dad wrth iddo ddod allan.

Wnes i dreulio mwy o amser na Dad yn y môr a wnes i ddim ond dod allan pan wnaeth fy mysedd ddechrau troi'n las (roedd hi bach yn oer). Roedd Dad yn dweud wrth Mam fod y don yn ENFAWR wrth iddi geisio rhoi plastar ar ei drwyn. (Doedd hi ddim.) O leiaf wnaethon ni lwyddo i fwyta ein brechdanau cyn i'r GWYNT a'r tywod hedfan i fyny a difetha ein picnic.

"Diolch byth mod i wedi'u rhoi nhw mewn bocsys plastig," meddai Mam.

Ro'n i ar fin mynd i edrych yn y pyllau glan y môr, pan gymylodd hi a dechrau bwrw HEN WRAGEDD A FFYN (ETO). Dim ond jyst llwyddo i gyrraedd y car mewn pryd wnaethon ni.

Dyddiad	**DIWRNOD 4**	
Tywydd	Ddim yn wych	**Fy nghynlluniau ar gyfer y diwrnod**
Hwyliau	Dechrau'n WEDDOL	Dim mwy o fagiau bin. BYTH.

Annwyl Ddyddiadur,

Er ei bod hi wedi bwrw ddoe, ro'n i'n CARU mynd

i'r traeth. Roedd o'n teimlo mwy fel gwyliau.

Ond **bore** DDOE oedd HYNNY.

Yr hyn ddigwyddodd yn y pnawn ydi'r peth

sydd wedi codi'r MWYAF o gywilydd arnaf

DRWY GYDOL FY MYWYD.   (Hyd yma.)

Gan ei bod hi'n tresio bwrw, penderfynodd

Mam a Dad ei bod hi'n amser da i fynd i'r dref i

gasglu mwy o negas.

 "A THRÔNS i ti,"

ychwanegodd Mam.

Felly wnes i eu hatgoffa a'r TRÎT roedden nhw wedi'i addo i mi hefyd

(oedd yn LLAWER mwy pwysig).

Daeth Dad o hyd i ganol y dre a'r SIOPAU. Roedd hi'n brysur iawn a doedd yna UNLLE  i barcio. Gyrrodd Dad o amgylch am sbel, nes i Mam weld lle parcio yn y diwedd.

Brysia! Parcia! BLOEDDIODD. Felly parciodd Dad y car, ar ôl cynnig neu ddau. Roedd yna dipyn o waith cerdded yn ôl i'r siopau (ac roedd hi'n dal i FWRW yn ~~drwm~~ hefyd).

"Paid â phoeni, Twm – mae gen i fwy o fagiau bin, felly bydd dim rhaid i ti WLYCHU."

Gwisgais fag a jyst meddwl am fy NHRÎT.

Ochenaid.

Daethom o hyd i'r siopau dillad yn eithaf *cyflym* ac yn FFODUS roedd adran y BECHGYN ar bwys y drws. Roedd y lle DAN EI SANG.

Doeddwn i ddim eisiau aros yn rhy hir (na Dad chwaith). Ro'n i ar fin tynnu fy nghlogyn glaw pan gydiodd Mam mewn TRÔNS BECHGYN a dechrau dweud mewn llais HYNOD O uCHEL,

"WNAIFF Y RHAIN FFITIO? PA FAINT WYT TI, TWM?"

Ro'n i eisiau cuddio. Felly wnes i gadw fy nghlogyn glaw ymlaen, tra bod Mam yn chwifio TRÔNS o gwmpas fel petaen nhw'n FFLAGIAU.

"Pa rai wyt ti eisiau?

BOCSARS, Y-FFRYNTS, STREIPIAU neu

mae'r TRÔNS ARCHARWYR

yma'n HWYL ☆ !"

"Baswn i'n hoffi

TRÔNS ARCHARWR PLIS!"

ymunodd Dad.

Roedd POPETH yn dechrau mynd yn ormod i mi.

Dyna lle roedd Dad efo'i drwyn dodji mewn plastar

a Mam yn chwifio TRÔNS.

A finnau'n gwisgo bag bin, tra mod i'n ceisio cuddio,

fel bod neb yn gweld fy WYNEB cywilydd.

Neu dyna beth ro'n i'n feddwl.

Nes i rywun roi tap ar fy ysgwydd a dweud,

"CHDI ydi hwnna, Twm?"

Y PERSON OLAF

RO'N I'N DISGWYL EI WELD

EFA PARRY.

"Wyt ti yn gwisgo bag bin?" gofynnodd. Llwyddais i fwmial 'Helô' a rhywbeth am "Stori hir," yn llawn embaras. Ond o leiaf wnaeth o stopio Mam rhag siarad am DRÔNS.

Roedd Mam EFA yno hefyd, ac roedden nhw'n aros ym MHARC PINWYDD hefyd – ond mewn fila NEIS (yn wahanol i'n un ni).

Gwnaeth yr holl sôn am filas atgoffa Dad ein bod ni i fod i SYMUD i un newydd.

"Well i ni fynd yn ôl," meddai, oedd yn rhyddhad ENFAWR i MI.

Wrth i ni fynd allan i'r glaw (eto) dywedodd eFA , "Ella gwela i di'n y CLWB 'ta, Twm?"

"Os gallwn ni ei ffeindio," dywedais wrthi, yn dal i deimlo'n annnifyr.

Doeddwn i ddim hyn yn oed yn meindio PEIDIO cael TRÎT achos ro'n i jyst yn hapus i adael yn GYFLYM.

Clogyn bag bin

Ar y ffordd yn ôl, roedd Mam a Dad yn dal i drafod syniad pwy oedd o i drefnu aros yn PARC PINWYDD yn y lle cynta.

 "Sut cafodd Mam 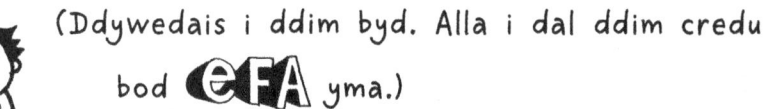 fila neis – a chawson ni ddim?"

"Cwestiwn da," dywedodd Dad.

(Ddywedais i ddim byd. Alla i dal ddim credu bod **eFA** yma.)

Pan gyrhaeddon ni'n ôl, doedd yna ddim golwg o Delia nac **Anest**.

Roedden nhw wedi gadael NODYN yn dweud, ➤

(Roedd hi wedi defnyddio un o fy MHAPURAU GLUDIOG i, oedd yn boen.)

Wedi mynd i'r clwb.

Welwn ni chi wedyn.
(Ella.)

Ffoniodd Dad y perchnogion a chlywais o'n dweud:

"IA, S'MAI, Ffranc CLWYD sydd yma. Ble? Alla i ddim eich gweld. Dwi YMA, ble rydych chi? Dydi o ddim yn edrych fel y fila wnes i ei drefnu. Rŵan hyn, plis."

Yna dywedodd Dad wrthym am 'BACIO – maen nhw'n dod i'n SYMUD ni'r eiliad hon.'

"O'R DIWEDD!" meddai Mam.

Wnaeth hi ddim cymryd llawer i mi stwffio fy holl stwff yn ôl i fy mag, felly tra eu bod nhw'n trafod BAI pwy oedd o (eto fyth), cofiais i am yr hen delesgop ro'n i wedi'i ffeindio. Roedd hi'n teimlo fel yr amser iawn i'w ddefnyddio.

Es i ag o i gefn y fila ac edrych drwy ffenest
y stafell molchi.

I ddechrau, allwn i ddim gweld llawer. Yna, yn y
pellter, drwy'r C R A C yn y coed, gwelais
rywbeth oedd yn edrych fel ...

Y CLWB

Edrychais eto'n fanylach. Y CLWB oedd O.
Sut gallwn i fod wedi'i fethu?

(Roedd o mor agos.)

Wrth i mi wylio, camodd dau o bobl oedd yn edrych yn gyfarwydd IAWN ar y llwyfan bychan.

SYLLAIS drwy'r telesgop eto, gan fod mymryn o graciau ynddo, er mwyn gwneud yn sicr nad oeddwn i'n gweld pethau.

Ac YNA ...

... gwelais ...

Delia ac Anest YN CANU!

Roedden nhw HYD YN OED yn edrych fel eu bod nhw'n mwynhau eu hunain, oedd yn ddryslyd. Ro'n i eisiau parhau i'w gwylio nhw, ond dechreuodd Mam a Dad alw arna i a dweud bod yn rhaid i ni fynd.

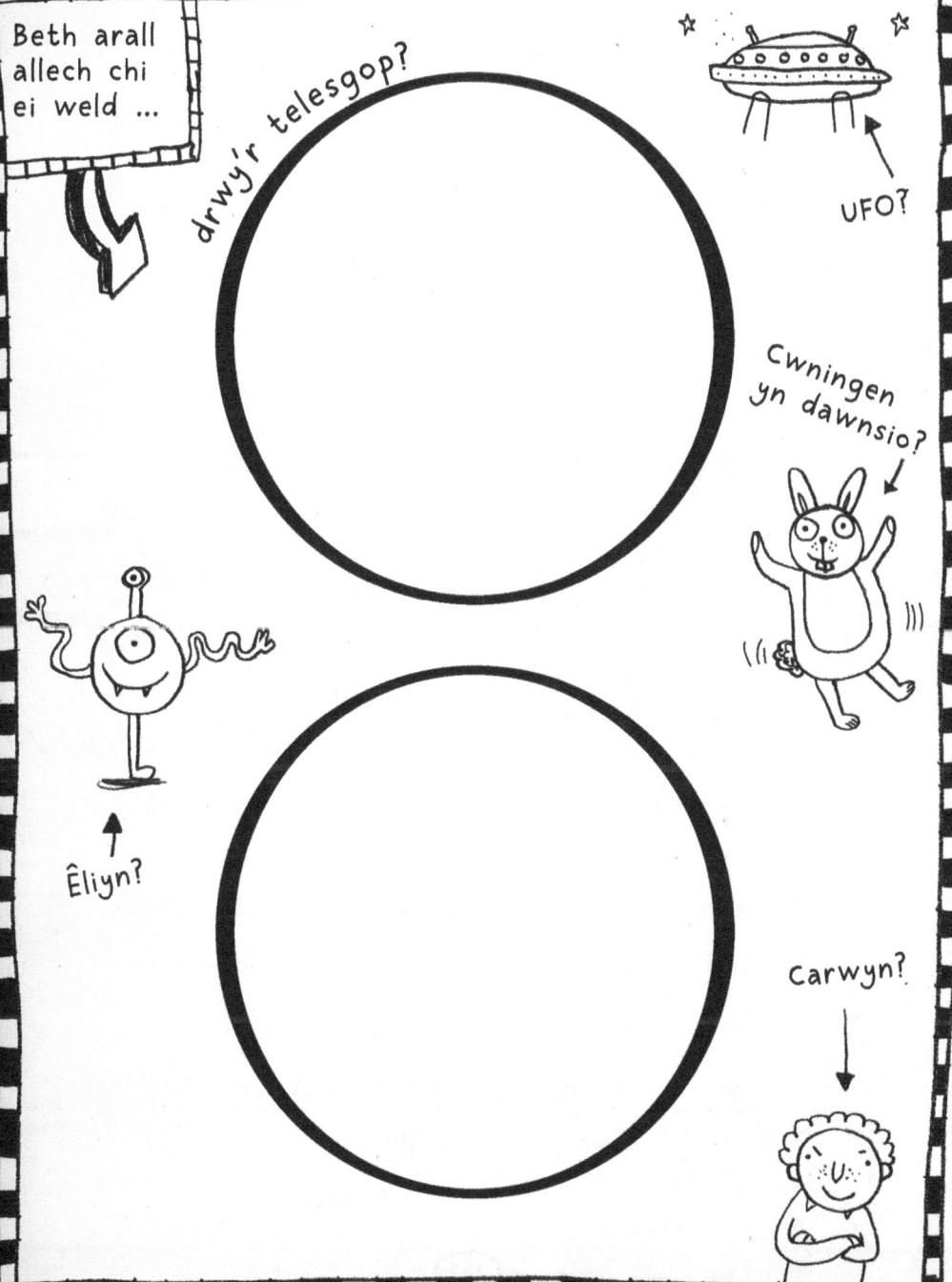

Ro'n i eisiau dweud wrth Mam a Dad am Delia ac **Anest**, ond chefais i ddim CYFLE. Roedden nhw eisoes wedi pacio

ac yn dweud wrtha i am FRYSIO! ACHOS ry'n ni wedi bod yn aros yn y

LLE ANGHYWIR
YR HOLL AMSER.

Ymddengys bod PARC PINWYDD wedi symud i safle newydd y flwyddyn dwytha a rhywsut, wnaethon ni lwyddo i lanio ar yr hen safle. Allai Mam a Dad ddim credu'r peth pan ddywedodd y perchnogion hynny wrthyn nhw!

"Beth, ydych chi'n dweud ein bod ni yn y fila anghywir?"

(Roedden ni.)

Wedi'r syrpréis yna wnaethon ni ddilyn y perchnogion yn ein car nes cyrhaeddon ni'r FILA NEWYDD, oedd cymaint brafiach.

"Mae o'n edrych fel y lluniau!" meddaf fi wrth Mam a Dad oedd yn beth DA. ☺

Doedd y perchnogion yn methu deall SUT gwnaethon ni lwyddo i fynd i mewn i'r HEN fila gyda'r allweddi anghywir? Gallwn ddweud bod Mam a Dad ddim eisiau i mi sôn am fy sgiliau neidio NINJA a fy sgiliau dringo ffenestri.

Felly ddywedais i ddim gair.

Beth bynnag, doedd dim gwahaniaeth RŴAN ... achos roedd gen i STAFELL FWY, hyd yn oed os mai dim ond am UN noson oedd hynny, a gallem weld y CLWB hefyd. Dywedodd Mam y byddai'n well i ni adael i Delia ac Anest wybod i ble roedden ni wedi mynd.

"Maen nhw'n CANU YN FAN'CW," meddaf fi wrthynt, gan bwyntio ar y CLWB.

"WELAIS i nhw."

Edrychai Dad yn ddryslyd.

"Canu? Ti'n SIŴR? Rhaid i mi weld hyn," dywedodd Dad.

Ond erbyn iddo gyrraedd y CLWB, roedden nhw eisoes wedi stopio. Felly daeth o â nhw i'r fila newydd yn lle hynny.

Cŵl...

"Alla i ddim credu ein bod ni wedi cymysgu'r filas!" meddai Mam. "Alla i," atebodd Delia. Newidiodd Mam y pwnc a gofyn SUT LE oedd y CLWB. "Bydd yn rhaid i ni i gyd fynd yno HENO!" ychwanegodd.

"Mae o'n DDIFLAS. Wnewch chi ddim ei hoffi. Peidiwch â mynd yno," meddai Delia yn GYFLYM.

Felly dyma fi'n dweud, "Roeddech chi'ch dwy fel petaech chi'n mwynhau eich hunain yn CANU pan welais i chi drwy fy nhelesgop!"

Am eiliad, roedd Delia yn gegrwth.
(Ddywedodd Anest fawr o ddim chwaith.)

Hyh?

Roedd gen i gywilydd meddwl bod **EFA** wedi fy

ngweld i'n gwisgo BAG BIN, ond doedd hynny'n DDIM

BYD i'w gymharu â beth ddigwyddodd yn nes ymlaen.

YN NES YMLAEN,

Rhywsut, llwyddodd Mam i berswadio

Delia ac **Anest** i ddod efo ni i'r CLWB

(rŵan ein bod ni'n gallu dod o hyd iddo).

"Dyma ein CYFLE OLAF - gawn ni amser

GWYCH. Allwch chi ddangos eich

SGILIAU!" canu i ni," dywedodd.

La!

La! La! La! La!

(Fi'n dangos sut mae Delia ac Anest yn canu)

"D wi wedi'u GWELD nhw'n canu yn barod," chwarddais. Ha! Ha!

"Dim ni oedd hwnna. Ti'n malu awyr cwynodd Delia.

(Oedd ddim yn WIR ac ro'n i ar fin PROFI hynny.)

Pan gyrhaeddon ni'r CLWB, pwyntiais at y posteri **CARIOCI CARIOCI** ym mhobman, yn cynnwys siart oedd ar y wal. "EDRYCHWCH! Mae Delia ac **Anest** yn RHIF TRI!" gwaeddais **DROS Y LLE!**

✦ ✦ SIART ✦ ✦ GOREUON Y CARIOCI	
1	☆ YWAIN ☆
2	✦ GWYNEDD ✦
3	ANEST a DELIA
4	✦ ELIN ☆
5	FFLUR

(Roedden nhw wedi cael eu dal.)

"Olreit Twm – roedd yn rhaid i ni ffeindio rhywbeth i'w WNEUD. Dim ond **UN** waith digwyddodd o – ynte, **Anest?**"

Nodiodd **Anest.**

"Allwn ni JYST archebu bwyd?" ochneidiodd Delia.

Oedd ddim yn syniad GWAEL. 😊

Tra oedden ni'n bwyta, gwelodd Dad rywbeth HYNOD ddiddorol.

"Edrych Twm – y wobr heno ydi tocyn teulu i FYD SIOCLED. Wnawn ni roi cynnig arni?"

(Ro'n i bron a chael fy nhemtio.)

"Ia, pam lai," meddai Mam yn hwyliog.

"Na, dim ffiars," ychwanegodd Delia.

Rhoddodd Dad ein henwau ar y rhestr a wnes i feddwl am siocled, ac (yn y diwedd) wnes i gytuno i ganu cân gan DAFYDD IWAN.

(Diolch i Mr Pringle, dwi wedi clywed am lwyth o gantorion Cymraeg a dwi'n gwybod llawer am eu caneuon.)

Yr unig broblem oedd, pan ddaeth hi'n amser i ni fynd i ddewis cân, yn lle pwyso'r botwm am

"YMA O HYD"

drysodd Mam a phwyso ...

Hon?

Hyh?

216

Gadawodd Delia ac **Anest** hanner ffordd drwy'r ail bennill, ond roedd PAWB arall yn hoffi ein canu ac roedd cymeradwyaeth FAWR ar y diwedd.

Wnaeth bron â gwneud yn iawn am yr EMBARAS o wneud **CARIOCI** teulu efo'ch Mam a Dad.

Ro'n i jyst yn falch ei fod o DROSODD.

(Dim mwy o gywilydd.)

Yna wnes i sylwi ar rywun yn y CEFN yn

CODI LLAW arna I.

PAM ROEDD O'N GORFOD BOD YN EFA PARRY?

Rŵan roedd hi wedi 'ngweld i'n canu "Rhyfedd o Fyd" gyda fy rhieni gorfrwdfrydig – ac yn gwisgo BAG BIN. Ro'n i jyst yn gobeithio na fyddai hi'n dweud dim gair wrth y bobl yn yr ysgol am ... wel, DIM BYD.

Mae'r dudalen yma i chi cael tynnu llun
<u>beth bynnag</u> rydych chi eisiau.
(Tudalen TYNNU SYLW ydi hi.)

Dyddiad	DIWRNOD 5	
Tywydd	Heulog	**Fy nghynlluniau ar gyfer y diwrnod**
Hwyliau	Siriol	Llwythi (pan gyrhaeddaf adref)

Annwyl Ddyddiadur,

Dwi'n HOFFI gwyliau – ac roedd yna ambell i foment o HWYL yn yr un yma ...

Yr eiliad gwnaethon ni bacio'r car a gadael PARC PINWYDD, diflannodd y cymylau a daeth yr HAUL allan.

"O, tipical..." ochneidioddd Mam wrth i ni yrru ymaith. Mae hi'n anodd dweud a wnaeth **Anest** fwynhau ei hun. Wnaeth hi ddim dweud fawr ar y ffordd adref.

Cyhoeddodd Delia mai dyma'r TRO OLAF y byddai hi byth yn dod ar wyliau gyda ni.

Meddaf i, 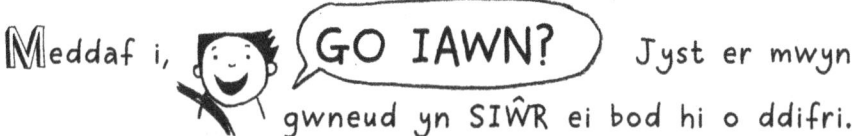 GO IAWN? Jyst er mwyn gwneud yn SIŴR ei bod hi o ddifri.

(Achos gallai Derec yn bendant ddod efo ni'r tro nesa.)

Meddai Mam, "Gawn ni weld –

← Mam gyda sbectol haul

dwyt ti ddim cweit yn ddigon hen i gael dy adael ar dy ben dy hun."

Doedd Delia ddim yn hapus o gwbl am hyn. Dechreuodd ei HATGOFFA am BOPETH oedd wedi mynd O CHWITH. "Felly DWI'N gallu dod o hyd i'r CLWB, ond dydych chi ddim, ac eto dwi ddim digon hen i fod ar fy mhen fy hun?"

"Cywir, Delia ..."

"Ond dydi hynna DDIM YN DEG!"

Dechreuodd y ddwy DDADLAU nes i Dad ddechrau MORIO CANU er mwyn eu stopio.

♩ ♪ ♩ ♪, "RHYFEDD O FYD!" canodd.

Roedd hi'n edrych fel petai hynny wedi gweithio.

(Er ei fod yn fy atgoffa o'n cywilydd canu ...)

Ochenaid.

Ar hyn o bryd

D wi'n hapus IAWN i fod yn ôl yn fy

NHŶ FY HUN, yn fy

STAFELL FY HUN, gyda fy

STWFF FY HUN

Comics
Beiros
Snacs

(a'r holl bethau wnaeth Mam ddim pacio.)

Dwi ddim yn hapus i weld HWN. 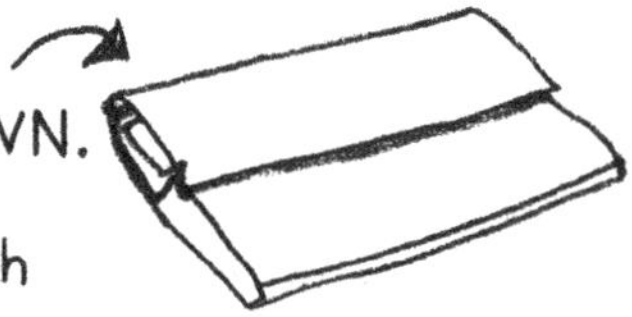
(Y ffolder a'r taflenni gwaith
dwi'n gorfod eu gwneud ar gyfer yr ysgol.)
Mae gen i ddiwrnod neu ddau ar ôl – DOES DIM brys.
Felly dwi'n penderfynu mai'r peth PWYSICAF
i'w wneud yn GYNTAF ydi ...

Dweud wrth Derec fy mod i'n ÔL drwy roi neges mewn PAPURAU GLUDIOG ar fy ffenest.

 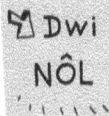  

AC MAE HWN yn mynd ar fy NRWS

(am resymau amlwg).

CADWCH DRAW!

Chaiff neb sy'n gwisgo

sbectol haul ddod i mewn.

(Mi wyddoch pwy ydych chi.)

		DIWRNOD ~~6~~ 7	
Tywydd	Bwrw (eto)	**Cynlluniau ar gyfer y diwrnod**	
Hwyliau	BODLON 😊	YMARFER BAND	

$\mathbb{A}$nnwyl $\mathbb{D}$dyddiadur,

$\mathbb{S}$ori am beidio sgwennu dim byd ddoe, ond ro'n i'n rhy brysur yn cael HWYL.

$\mathbb{A}$r y MITAR GWYLIAU, gwnaeth ein trip ni i PARC PINWYDD gyrraedd tua fan HYN

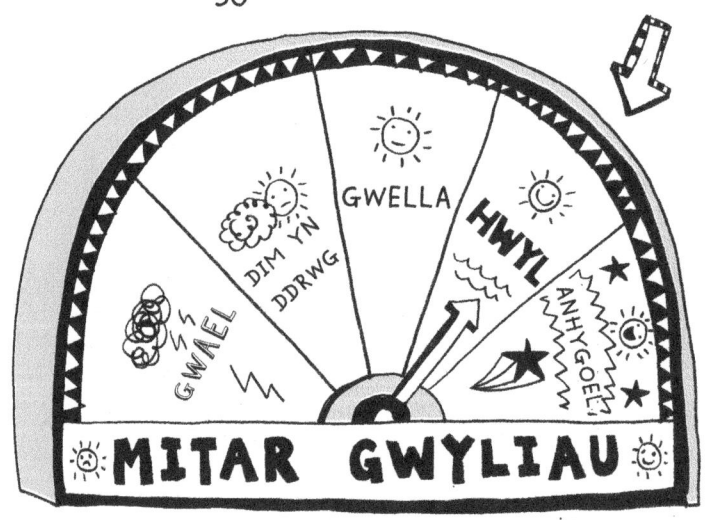

Dwi'n gobeithio wnaiff **EFA PARRY** ddim dweud wrth neb am fy sgiliau canu pan dwi'n dychwelyd i'r ysgol ...

... neu ella gwnaiff o ostwng i **GWAEL**.

Wnes i ddim cael y TRÎT roedd Mam wedi'i addo i mi yn y diwedd. FELLY AR ÔL I MI ROI AWGRYM NEU DDAU, cefais ychydig o bethau neis ar gyfer ymarfer band **CŴN SOMBI**.

Roedd yn rhaid i mi roi NODYN ar fy WAFFERI i gadw fy NHEULU DRAW. (Bu Dad yn hofran yn edrych yn llwglyd.)

Www, wafferi!

Llwyddodd hyn i'w cadw'n SAFF nes i mi fynd â nhw i dŷ Derec – gyda'r snacs ERAILL ro'n i wedi'u cadw. Roedd gennym BENTWR go lew erbyn hyn. Felly'r peth cynta wnaethon ni oedd RHANNU'R trîts rhyngom. (Gymrodd amser.) Yna wnaethon ni dreulio'r <u>DDWY AWR</u> nesa'n ymarfer **TIWNS** **CŴN SOMBI** ac yn siarad am gerddoriaeth, nes i Derec sefyll i fyny a

GWEIDDI ...

Wnaethon ni floeddio a neidio o gwmpas y stafell nes
i dad Derec ddod i mewn a dweud wrthyn ni am ...

Fod yn dawel, hogia ...

Felly wnaethon ni.

CŴN SOMBI
Hwrê.

(Ry'n ni'n mynd i weithio ar y CYNLLUN YNA
yn bendant ... GWYLIWCH ni.)

Dyddiad	DIWRNOD ✗ 8
Tywydd ¦Glaw (eto)	**Fy nghynlluniau ar gyfer y diwrnod**
Hwyliau PANIG 😟	TRIO PEIDIO PANICIO

Annwyl Ddyddiadur,

Y bore yma, cefais fy neffro gan LAW a tharanau.

Oedd yn boen.

(Cefais ddigon o DYWYDD drwg ar fy ngwyliau.)

AC YNA gwelais fy FFOLDER WEDI'I STWFFIO YN

LLAWN o daflenni gwaith.

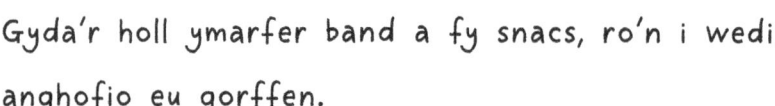

Gyda'r holl ymarfer band a fy snacs, ro'n i wedi

anghofio eu gorffen.

Ro'n i wrthi'n meddwl BETH wna i? OND

YNA cofiais am ...

FY RHEsTR

ESGUSION ...

GWAITH CARTREF

(Gwych! Ro'n i'n GWYBOD y byddai hi'n handi!)

Cymerais SBEC go dda ➜

a NEIDIODD un esgus ALLAN.

(DIM yr un êliyn y tro yma.))

FELLY cerddais i'r ysgol yn y GLAW TRWM a gwnaeth

fy ffolder ambarel ARDDERCHOG i 'nghadw I'N sych.

Yn drist iawn, GWLYCHWYD fy HOLL

daflenni gwaith a chafodd bob un

darn ei DDIFETHA'N LLWYR! ☺

(O na ... TRYCHINEB!)

Wnaeth Mr Ffowc ddim gadael i mi gael

get-awê yn llwyr efo hi. Rhoddodd

Wps.

EDRYCHIAD BLIN i mi a set newydd o

daflenni gwaith ac ychydig bach mwy

o amser i'w gorffen nhw. Oedd yn well na dim.

Roedd Carwyn yn meddwl mod i'n lwcus.

Yna dywedodd rywbeth nad oeddwn WIR

yn ei ddisgwyl. ⇨

"HEI, Twm – mae gen i rywbeth
i ti!"

 "O DDIFRI? Diolch, Carwyn," meddaf i.
Yna cododd ei fag ysgol a'r tu ôl iddo
roedd **BAR** o siocled o **FYD SIOCLED.**

"WAW – i fi mae HWNNA?" gofynnais.
(Roedd hyn yn oed Efa yn edrych yn syn.)

"Ia, Twm –
MAE'R CYFAN I TI,"
gwenodd Carwyn.

Felly dyma fi'n mynd i gydio ynddo ... ...

... ac **WRTH GWRS**, roedd o'n wag.

Allai Carwyn ddim peidio â CHWERTHIN ar ei JÔC.

Ha! Ha! Ha! Ha!

Ha! Ha!   HA! HA!

Dechreuodd fynd ar fy nerfau ar ôl hanner awr.

 Ochenaid ... Felly defnyddiais un o fy MHAPURAU GLUDIOG olaf i sgwennu neges fach.

Yna pwniodd **eFA** fi a dweud,

"Ti'n gwybod BETH ddylet ti wir ei wneud RWAN, Twm?"

"Beth felly, **eFA**?" gofynnais.

"Peidio cymryd sylw!" CHWARDDODD.

 "A chofio am ganu carioci!"

Gododd hyn gymaint o gywilydd arna i, dyma fi'n ateb yn syth. "A dweud y gwir, **eFA**, DYMA BETH ddylwn i ei wneud."

Yna defnyddiais fy sgiliau ninja hynod wych unwaith eto ...

... i wneud rhywbeth da.

Dwi'n gwneud llyfr FFLIPIO* gyda fy MHAPURAU GLUDIOG. DYMA SUT:

Tynnwch lun o'ch dewis ar ddarn o bapur bras i gychwyn. (Trïwch rywbeth hawdd i ddechrau!) Dyma sut i wneud wyneb Mr Ffowc gyda LLYGAID TREIDDGAR.

1   2   3   4   5   6   7   8

Yng nghornel bob darn papur, gan ddechrau yn y cefn, tynnwch lun eich wyneb cynta.

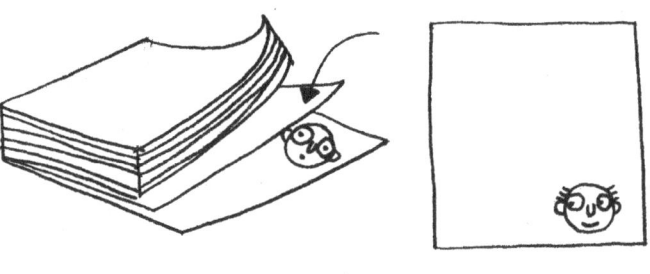

Yna ar yr ail bapur, TRESHWCH dros yr wyneb a symudwch y llygaid a'r geg fymryn – fel yn llun 2.

Cadwch i ychwanegu lluniau a symud y llygaid o gwmpas ar bob PAPUR.

Mae o'n yn cymryd AMSER, ond pan rydych chi wedi tynnu llun ar dipyn o bapurau, FFLICIWCH drwy'r llyfr i weld sut mae o'n symud. Gorau po fwyaf o luniau rydych chi'n eu tynnu.

Dyma syniadau eraill i'w trio:
DYN MATSYS yn neidio.

Delia yn cael ei bwrw gan fwd!

*Edrychwch ar *Twm Clwyd, Syniadau Jîniys (y rhan fwyaf)* am lyfr fflipio gyda chwilen yn y gornel.

Dyma dudalen i chi gael tynnu llun arni (mwynhewch)

Gwir neu Gau – Atebion

		GWIR	GAU
1	Gau – aderyn ydi o.		X
2	Gau – maen nhw'n tyfu o'r llawr.		X
3	Gwir – mae gan bry cop wyth coes.	X	
4	Gau – GWYRDD gewch chi.		X
5	Gau – creaduriaid dychmygol ydyn nhw.		X
6	Gau – Canberra ydi o.		X
7	Gwir – caiff mêl ei wneud gan wenyn.	X	
8	Gwir – Ond gwnaethon nhw farw a diflannu o'r tir.	X	
9	Gwir – mae coch a melyn yn gwneud oren.	X	
10	Gau – y llewpart hela ydi'r anifail cyflymaf.		X

... A'r atebion wnes i eu creu.

	GWIR	GAU
Gau – mae ei gi yn fach iawn.		X
Gau – mae ganddi FYMRYN o fwstásh.		X
Gwir – (yn bendant.)	X	
Gwir – mae wafferi caramel yn flasus.	X	
Gau – maen nhw'n CARU ffilmiau arswyd.		X
Gau – er ei fod o'n meddwl ei fod o.		X
Gwir – maen nhw'n DREIDDGAR hefyd.	X	
Gwir – mae fy holl ffotograffau yn drist.	X	
Gau – mae hi wastad yn biwis pan dwi'n ei gweld hi.		X
Gwir – mae o'n rhannu ei fferins hefyd.	X	

Pan oedd Liz 👧 yn fach Ω, roedd hi'n hoffi tynnu lluniau a pheintio a gwneud pethau. Roedd ei mam yn arfer dweud ei bod hi'n dda iawn am wneud llanast (sy'n dal yn wir heddiw!).

Wnaeth hi barhau i dynnu lluniau a mynd i goleg celf, lle cafodd hi radd mewn dylunio graffig. Bu'n gweithio fel dylunydd a chyfarwyddwr celf yn y diwydiant cerddoriaeth, 🎸 ac mae ei gwaith llawrydd wedi ymddangos ar lwyth o wahanol bethau.

Mae Liz yn awdur/dylunydd nifer o lyfrau lluniau. Twm Clwyd yw'r gyfres gyntaf o lyfrau mae hi wedi'u hysgrifennu a'u dylunio ar gyfer plant hŷn. Maent wedi ennill nifer o wobrau mawreddog, yn cynnwys Gwobr Ddoniol Roald Dahl, Llyfr Plant Waterstones a Gwobr Llyfr Blue Peter. Mae ei llyfrau wedi cael eu cyfieithu i 43 iaith.

Ewch i'w gwefan: www.LizPichon.com

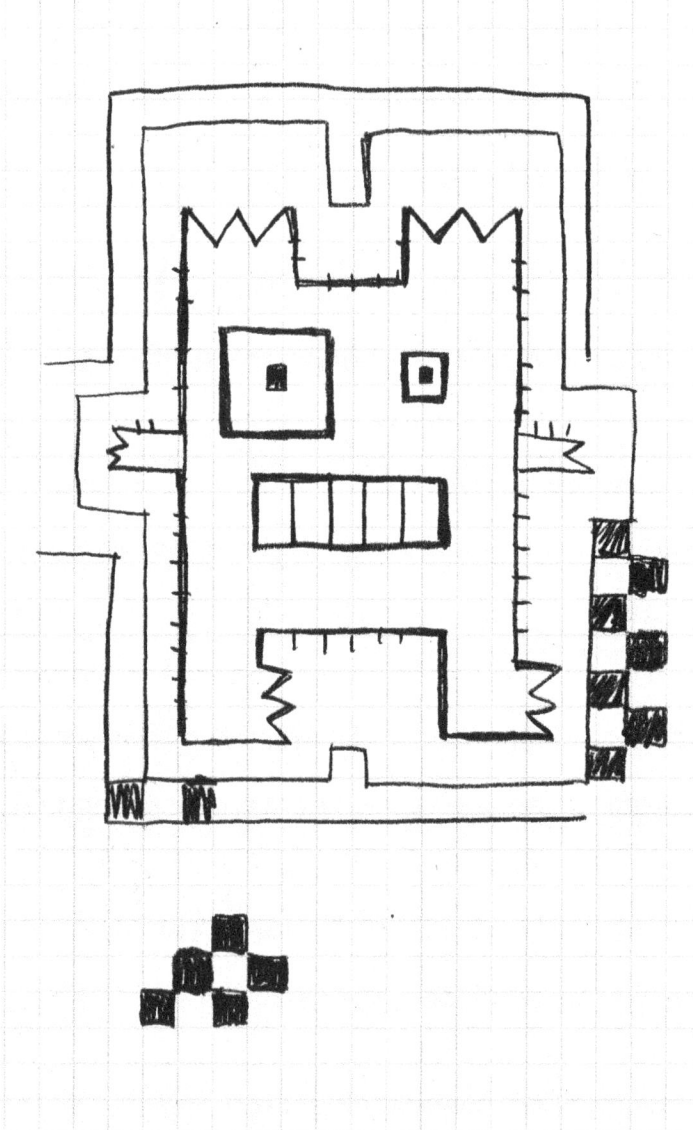

DŴDLS

Cadwch LYGAD BARCUD AM Y llyfrau

TWM CLWYD doniol yma!